LE SIÈCLE DES OMBRES

I. LA PIERRE

«Un Dieu tyrannique, partial et cruel ne rendra jamais ses adorateurs équitables et bienfaisants.»

D'HOLBACH

SCENARIO
CORBEYRAN

DESSIN
MICHEL SURO

COULEUR
LUCA MALISAN

CONSULTANT
FLORENT GERMAINE

L'UNIVERS DES STRYGES A ETE CREE PAR CORBEYRAN ET RICHARD GUERINEAU

DELCOURT

À Mister EC pour m'avoir offert ce Siècle et ses lumières...
The highway is alive tonight ; Where it's headed, everybody knows ;
I am sittin' down here in the campfire light ; Waitin' on the ghost of Tom Joad...
Merci à OWK de m'avoir présenté l'ami Eric ; au staff Delcourt d'avoir permis l'aventure ;
et enfin à Michel et Luca pour leur talent et leur dévotion à la cause Stryges.
Florent / CM «Death is the road to awe».

Dans le même univers :
LE CHANT DES STRYGES (douze volumes) - dessin de Guérineau
LE CLAN DES CHIMERES (six volumes) - scénario de Corbeyran, dessin de Suro
LE MAITRE DE JEU (six volumes) - scénario de Corbeyran, dessin de Charlet (vol. 1 à 4) et Horn (vol.5)
HORS SERIE - Mythe et réalité (en coédition avec Canal BD)

Du même scénariste, chez le même éditeur :
- Le 3e Œil (deux volumes) - dessin d'Espé
- Abraxas (deux volumes) - dessin d'Alfred
- Archipel (trois volumes) - dessin de Barbay
- L'As de pique (édition intégrale)
- Asphodèle (quatre volumes) - dessin de Defali
- Les Aventures extraordinaires de Nelson Lobster (trois volumes) - dessin de Calvez
- La Digue - dessin d'Alfred
- Elle ne pleure pas, elle chante - d'après le roman d'Amélie Sarn, dessin de Murat
- Les Enquêtes de Goirïd et Leôdhas (trois volumes) - dessin de Laouer
- Le Fond du monde (six volumes) - dessin de Falque
- Les Hydres d'Ares (deux volumes) - scénario de Corbeyran, dessin de Sentenac
- Kid Korrigan - dessin de Lejonc
- La Loi des 12 tables (six volumes) - dessin de Defali
- Le Malvoulant (deux volumes) - dessin de Marcel
- La Métamorphose, de Franz Kafka - dessin de Horne
- Pest (un volume) - dessin de Bouillez
- Petit Verglas (trois volumes) - dessin de Sattouf
- Le Phalanstère du bout du monde - dessin de Bouillez
- Le Régulateur (trois volumes) - dessin de Moreno
- Le Syndrome de Hyde (un volume) - coscénario de Guérineau, dessin de Defali
- Le Territoire (six volumes) - dessin d'Espé
- Trop mortel (deux volumes) - coscénario d'Amélie Sarn, dessin de Pacheco
- Weena (six volumes) - dessin de Picard
- Paroles de taulards - collectif, en coédition avec Bd Boum/Festival de Blois
- Paroles de taule - collectif, en coédition avec Bd Boum/Festival de Blois
- Paroles de parloirs - collectif, en coédition avec Bd Boum/Festival de Blois
- Paroles de sourds - collectif, en coédition avec Bd Boum/Festival de Blois

Dépôt légal : mai 2009. I.S.B.N. : 978-2-7560-1262-9
Première édition

Conception graphique : Trait pour Trait

Achevé d'imprimer en avril 2009
sur les presses de l'imprimerie Lesaffre, à Tournai, Belgique

www.editions-delcourt.fr

1751. QUELQUE PART AUX CONFINS DU BRÉSIL, AU COEUR DE LA JUNGLE AMAZONIENNE...
ALLEZ! DÉPÊCHEZ-VOUS UN PEU!
RENTREZ CHEZ VOUS! C'EST FINI POUR AUJOURD'HUI!
... TOUT VA S'EFFONDRER! ÉVACUEZ LA MINE EN VITESSE!
JE M'EN OCCUPE!
SORTEZ TOUS! VITE!
DÉGAGEZ LA GALERIE!
ATTENTION!!!...

APPORTEZ DES TORCHES ET DES PELLES ! IL FAUT DÉBLAYER !
À QUOI BON ?!
DES HOMMES SONT ENSEVELIS LÀ-DESSOUS !
ILS SONT MORTS, LUBECK ! ÉCRASÉS OU NOYÉS DANS LA BOUE ! SORTONS AVANT QUE LA MONTAGNE NOUS TOMBE DESSUS !
NOUS PARTIRONS LORSQUE NOUS AURONS LA CERTITUDE QU'IL N'Y A PLUS RIEN À FAIRE POUR EUX !
TRÈS BIEN... C'EST VOUS QUI DÉCIDEZ...
2

DÉPÊCHEZ-VOUS!
AYYYH!
?!
AHHH!
IL EST IMPOSSIBLE QU'ILS AIENT SURVÉCU...
JE VEUX VOIR LEURS CADAVRES AVANT DE RENONCER!
QUE LUI ARRIVE-T-IL?
ON DIRAIT QU'IL S'EST BRÛLÉ LES MAINS!
BRÛLÉ?
OUI... AU CONTACT DE CE ROCHER...
EN EFFET... IL DÉGAGE UNE INTENSE CHALEUR...
...ET POSSÈDE UNE ÉTRANGE COULEUR!
3.

ÉCLAIREZ-MOI !
TUNK !
IL FAUT CONDAMNER LA GALERIE ET SUSPENDRE L'EXPLOITATION !
QUOI ? VOUS VOULEZ QU'ON FERME LA CONCESSION ?
QUE FAITES-VOUS, LUBECK ? CE N'EST GUÈRE LE MOMENT...
VOUS M'AVEZ PARFAITEMENT ENTENDU !
D'HOLBACH NE SERA PAS RAVI D'APPRENDRE QUE L'EXTRACTION DE SES DIAMANTS A ÉTÉ RETARDÉE PAR LA CHUTE D'UN VULGAIRE ROCHER !
IL NE S'AGIT PAS D'UN VULGAIRE ROCHER !
CETTE PIERRE REVÊT CERTAINEMENT PLUS D'IMPORTANCE AUX YEUX DU BARON QU'UNE MONTAGNE DE DIAMANTS !
PLACEZ CE LIEU SOUS SURVEILLANCE ! DÉSIGNEZ 10 HOMMES... JE VEUX QU'ILS SE RELAIENT JOUR ET NUIT ! QUE PERSONNE NE PÉNÈTRE ICI JUSQU'À MON RETOUR !
OÙ ALLEZ-VOUS ?
JE RENTRE EN FRANCE !
4.

PARIS.
UN MOIS PLUS TARD.
LE MALHEUR N'EST PAS UNE FATALITÉ, BARON ! C'EST UNE ÉPREUVE ENVOYÉE PAR DIEU...
...ET IL CONVIENT AU PÉCHEUR DE SE MONTRER DIGNE DE CETTE DIVINE ATTENTION ET DE TOUT METTRE EN ŒUVRE POUR LA SURMONTER !
J'ENTENDS VOTRE POINT DE VUE, CARDINAL D'ORCIÈRES ! CEPENDANT, L'HOMME EST UN ANIMAL ÉTRANGE QUI PRÉFÈRE L'USAGE DU PRÉJUGÉ À L'EXERCICE DE SA RAISON ! ET PARCE QU'IL PRIVILÉGIE LES CONSTRUCTIONS ABSTRAITES, IL NÉGLIGE LES LEÇONS DE LA NATURE...
EN CELA, JE DIRAIS QUE L'HOMME EST L'ARTISAN DE SON PROPRE MALHEUR !
5.

LA NATURE N'A PAS DE LEÇON À NOUS DONNER, D'HOLBACH! ELLE A ÉTÉ CRÉÉE PAR DIEU, ET C'EST ENTRE LES MAINS DE DIEU QUE NOUS DEVONS REMETTRE NOS EXISTENCES!
LA NATURE EST UN FAIT! ELLE EXISTE, ET LA SEULE CHOSE QU'ON PUISSE FAIRE, C'EST L'EXPLIQUER ET NON PAS DE SE DEMANDER D'OÙ ELLE VIENT...
COMMENT EXPLIQUER LA NATURE SANS LE RECOURS DU DIVIN? COMMENT EXPLIQUER LE MOUVEMENT? COMMENT EXPLIQUER LA CRÉATION SANS ÉVOQUER SON CRÉATEUR?
L'IMMATÉRIEL NE PEUT ENGENDRER LE MATÉRIEL, D'ORCIÈRES! OR NOTRE MONDE EST MATIÈRE, TANDIS QUE VOTRE DIEU APPARTIENT AU DOMAINE DES CROYANCES ET DES IDÉES!
LA MATIÈRE QUI NOUS ENTOURE ET DONT NOUS SOMMES FAITS EST CONSTITUÉE DE SUBSTANCES HÉTÉROGÈNES DONT CHACUNE POSSÈDE UN CERTAIN NOMBRE DE PROPRIÉTÉS...
QUANT AU MOUVEMENT, IL EST COÉTERNEL À LA MATIÈRE ET CE QUI CONSERVE LE MOUVEMENT EST LE MOUVEMENT LUI-MÊME...
LORSQUE VOUS AUREZ ADMIS CES QUELQUES ÉVIDENCES, VOUS CONVIENDREZ QU'IL EST INUTILE DE RECOURIR À DIEU EN TANT QUE PRINCIPE UNIQUE PUISQUE CE PRINCIPE UNIQUE S'OFFRE CHAQUE JOUR À NOTRE REGARD: LA NATURE!
LE MATÉRIALISME DONT VOUS ÊTES LE CHANTRE, D'HOLBACH, N'A GUÈRE D'AMBITIONS ET SES FONDATIONS SONT BIEN FRAGILES!
EN REVANCHE EN VOUS ÉCOUTANT, VOS OBJECTIFS M'APPARAISSENT PARFAITEMENT DÉFINIS: RENVERSER L'ÉGLISE, RÉDUIRE DIEU À NÉANT ET CORROMPRE LES ESPRITS!
VOUS VOUS MÉPRENEZ, CARDINAL! MES IDÉES NE SONT FINALISÉES QUE PAR UN UNIQUE SOUCI: COMPRENDRE L'HOMME ET LE LIBÉRER DES CHAÎNES QUI ENTRAVENT SA PENSÉE!
PARDONNEZ-MOI DE VOUS INTERROMPRE, MONSIEUR LE BARON...
QU'Y A-T-IL?
UN HOMME DEMANDE À VOUS VOIR... J'AI TOUT FAIT POUR L'EMPÊCHER D'ENTRER, MAIS IL INSISTE ET MENACE DE FAIRE DU DÉSORDRE S'IL N'OBTIENT PAS UN ENTRETIEN AVEC VOUS SUR-LE-CHAMP...
VEUILLEZ M'EXCUSER UN INSTANT...
6.

LUBECK!?
PARDONNEZ CETTE INTRUSION NOCTURNE ET CE RETOUR PRÉMATURÉ, BARON... MAIS JE DOIS SANS DÉLAI VOUS ENTRETENIR D'UN IMPORTANT SUJET...
QUELLE SURPRISE! JE NE T'ATTENDAIS PAS AVANT L'ÉTÉ!
JE T'EN PRIE! TU N'AS PAS À T'EXCUSER! TU ES TOUJOURS LE BIENVENU CHEZ MOI! D'AILLEURS, TU NE POUVAIS PAS MIEUX TOMBER! JE CÉLÈBRE AUJOURD'HUI MÊME MON ENGAGEMENT OFFICIEL AU SEIN DE CETTE OEUVRE REMARQUABLE DONT LE BUT EST DE PLACER L'HOMME AU CENTRE DE TOUTES LES SCIENCES ET DE TOUTES LES INNOVATIONS!
L'ENCYCLOPÉDIE! VOTRE AMI DIDEROT A DONC ENFIN RÉUSSI À VOUS CONVAINCRE DE SE JOINDRE À SON GRAND PROJET!
IL N'A EU AUCUN MAL! AVANT MÊME QUE L'IDÉE NE JAILLISSE, J'ÉTAIS DÉJÀ CONVAINCU DE LA NÉCESSITÉ D'UN TEL OUVRAGE! ENTRE DEUX VOYAGES D'AFFAIRES, IL FALLAIT JUSTE QUE JE TROUVE LE TEMPS DE ME POSER UN PEU POUR PRENDRE LA PLUME!
IL EST TEMPS DE VOUS Y METTRE! DEUX OPUS ONT DÉJÀ VU LE JOUR SANS QU'APPARAISSE VOTRE SIGNATURE!
JE NE LE SAIS QUE TROP... POUR COMPENSER, J'AI PROMIS À D'ALEMBERT DE RÉDIGER DES CENTAINES D'ARTICLES POUR LES VOLUMES FUTURS!
MAIS ASSEZ PARLÉ EN APARTÉ! REJOINS-NOUS DONC À TABLE! QUOI QUE TU AIES À ME DIRE, CELA PEUT BIEN ATTENDRE LA FIN DU REPAS! LES PLUS GRANDS PENSEURS DE LA CAPITALE SONT PRÉSENTS CE SOIR SOUS MON TOIT!
ET POUR PIMENTER LA SOIRÉE, J'AI MÊME INVITÉ QUELQUES CALOTINS! C'EST UN RÉGAL DE LES AIGUILLONNER ET DE LEUR BOTTER INTELLECTUELLEMENT LE TRAIN!
J'AURAIS PLAISIR À RENCONTRER VOS AMIS UN AUTRE JOUR, BARON... MAIS JE SUIS UN AVENTURIER, PAS UN HOMME DE SALON...
J'ARRIVE DE NANTES ET J'AI CHEVAUCHÉ SANS M'ARRÊTER... VOS CONVIVES SONT DÉLICATS, MA TENUE ET MON ODEUR RISQUENT FORT DE LES INCOMMODER!
TU AS RAISON! VIENS PLUTÔT DANS MON BUREAU... NOUS SERONS PLUS À L'AISE POUR CAUSER...
7

JE SUIS CURIEUX DE CONNAÎTRE L'IMPÉRIEUX MOTIF QUI T'A POUSSÉ À TRAVERSER L'OCÉAN...
J'IGNORE SI MON PRÉTEXTE EST DIGNE D'INTÉRÊT OU S'IL NE VALAIT PAS LE DÉPLACEMENT... DANS LE DOUTE, J'AI PRÉFÉRÉ NE PRENDRE AUCUN RISQUE, CEPENDANT...
...IL APPARTIENT À VOUS SEUL D'EN JUGER...
...VOICI L'OBJET DE MA VISITE !
!!
COMMENT CET ÉCLAT A-T-IL ATTERRI ENTRE TES MAINS ?
UN DÉLUGE S'EST ABATTU SUR NOUS...
J'AI FAIT CESSER LES TRAVAUX ET ÉVACUER LA GALERIE DE TOUTE URGENCE... MAIS UNE COULÉE DE BOUE A FAIT EFFONDRER LES ÉTAIS...
UNE ÉNORME ROCHE S'EST ALORS DÉTACHÉE DU PLAFOND ET S'EST ABATTUE SUR LES MALHEUREUX QUI CHERCHAIENT À FUIR...
EN LEUR PORTANT SECOURS, L'UN DES INDIENS S'EST BRÛLÉ LES MAINS ALORS QU'IL TENTAIT DE LA DÉPLACER... J'AI PENSÉ QUE VOUS AIMERIEZ L'EXAMINER...
TU AS PROCÉDÉ COMME IL CONVIENT, LUBECK...
...IL N'Y A D'AILLEURS AUCUN DOUTE POSSIBLE...
...IL S'AGIT BIEN DE LA MÊME MATIÈRE !
8.

DÉPOSE CETTE PIERRE DANS MON COFFRE... JE TE REJOINS DÈS QUE J'AURAI RENVOYÉ MES INVITÉS...
VOUS FUYEZ LES DÉBATS, D'HOLBACH, ÇA NE VOUS RESSEMBLE GUÈRE.
LA DISCUSSION COMMENÇAIT TOUT JUSTE À NOUS DISTRAIRE !
JE CROIS PLUTÔT QUE DEVANT L'INDIGENCE DE SES THÉORIES, LE BARON A TOUT SIMPLEMENT PRÉFÉRÉ LA FUITE À L'AVANIE !
JE VOUS PRÉSENTE MES EXCUSES POUR VOUS AVOIR ABANDONNÉS DE MANIÈRE AUSSI INCONVENANTE...
ON M'APPORTE DE BIEN SOMBRES NOUVELLES, ET JE ME VOIS DANS L'OBLIGATION D'ÉCOURTER LA SOIRÉE ET DE ME RETIRER SÉANCE TENANTE...
OW !
!?
9.

RIEN DE GRAVE, J'ESPÈRE ?
JE NE PEUX RIEN DIRE, TRÈS CHER...
TU SAIS QUE TU PEUX TE CONFIER À MOI COMME À UN FRÈRE...
JE SAIS... MAIS TU CONNAIS LE SECRET DONT J'AI TOUJOURS ENVELOPPÉ MES AFFAIRES !
À TA GUISE... SACHE QUE CEPENDANT TU PEUX COMPTER SUR MOI !
MERCI, DIDEROT ! PRENDS SOIN DE TOI !
BLINK!
?!
LUBECK ?
QUI ÊTES-VOUS?! ARRÊTEZ!!!
CRASH!

LAISSE-MOI RÉGLER SON COMPTE À CETTE CANAILLE !
INUTILE !...
MAIS ?!
IL T'A PEUT-ÊTRE DÉROBÉ DU BIEN...
IL N'Y A RIEN À VOLER, ICI... HORMIS QUELQUES IDÉES...
DES IDÉES POUR LESQUELLES JE SUIS PRÊT À MOURIR... MAIS PAS PRÊT À TUER !
MMM...
COMMENT TE SENS-TU, LUBECK ?
ÇA VA... JUSTE UN PEU ÉTOURDI... JE SUIS DÉSOLÉ...
AVEZ-VOUS VU SON VISAGE ?
NON... IL M'A AGRESSÉ PAR-DERRIÈRE... JE NE L'AI PAS ENTENDU APPROCHER... IL M'A VOLÉ MON PENDENTIF... ET IL S'EST AUSSI EMPARÉ DE L'OBJET QUE JE VENAIS DE DÉPOSER DANS LE COFFRE...
JE SUIS CERTAIN QU'IL SE TROUVAIT DÉJÀ DANS LA PIÈCE LORSQUE NOUS SOMMES ENTRÉS...
CELA TENDRAIT À PROUVER QU'IL A PROFITÉ DE LA SOIRÉE POUR S'INTRODUIRE ICI...
IL SE PEUT MÊME QU'IL AIT BÉNÉFICIÉ DE LA COMPLICITÉ DE L'UN DE MES INVITÉS...
QUANT À SAVOIR LEQUEL... CE N'EST PAS TRÈS DIFFICILE À DEVINER !
11

PERSONNE NE VOUS A SUIVI ?
NON, MAIS J'AI FAILLI Y LAISSER MA PEAU !
CE SONT LES RISQUES DU MÉTIER... QU'AVEZ-VOUS DÉCOUVERT DE NOUVEAU ?
RIEN DE PARTICULIÈREMENT COMPROMETTANT DANS LES DOCUMENTS... MAIS J'AI PRIS CECI QUI SE TROUVAIT DANS LE COFFRE...
...J'AI ÉGALEMENT PENSÉ QUE CE GENRE DE CHOSE POUVAIT AVOIR UN RAPPORT ÉTROIT AVEC L'AFFAIRE QUI VOUS PRÉOCCUPE...
EXCELLENT TRAVAIL !
QUAND TOUCHERAI-JE LA RÉCOMPENSE PROMISE ?
ELLE VA VOUS ÊTRE VERSÉE SANS DÉLAI...
PAW !
12

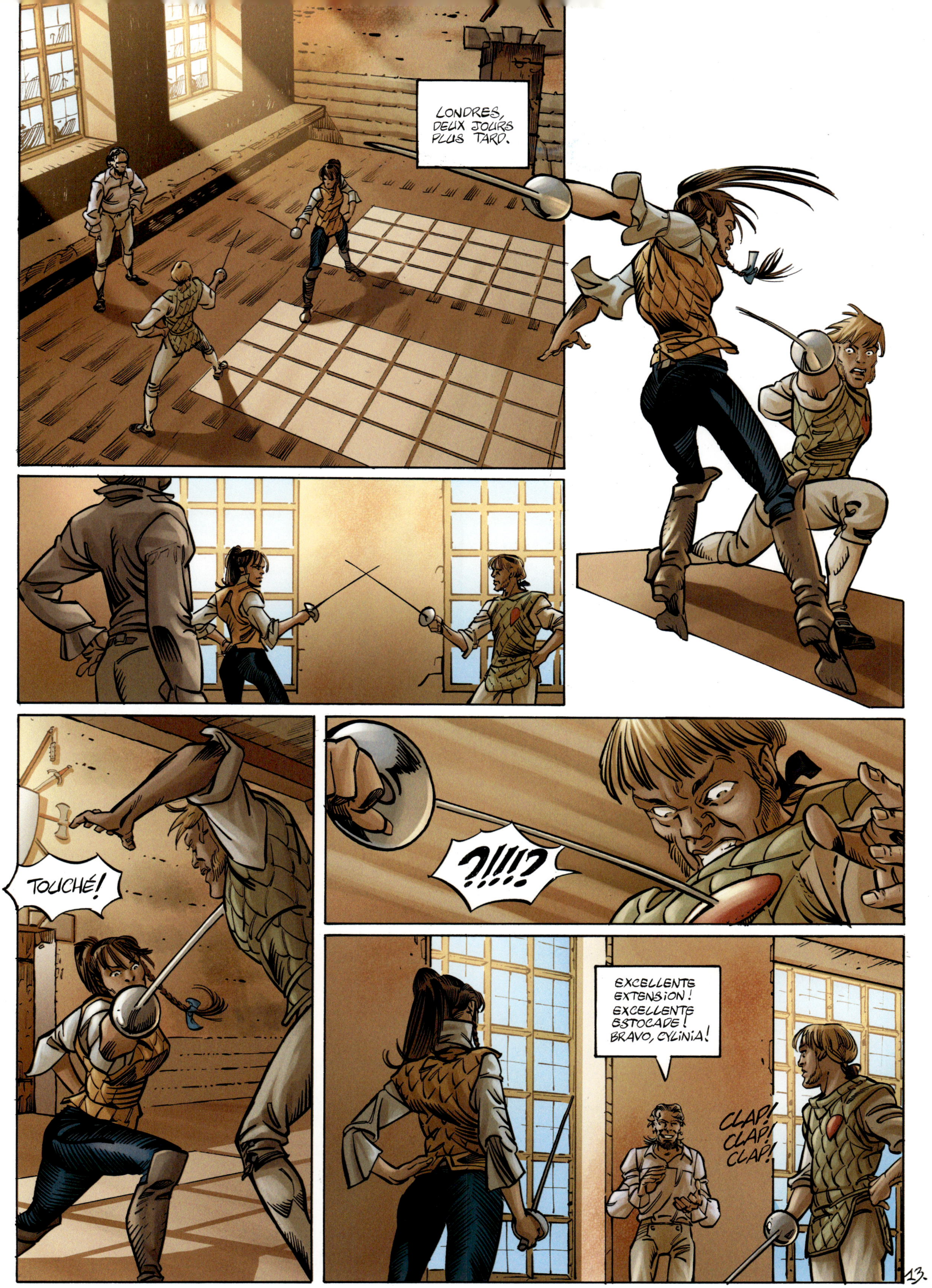
LONDRES, DEUX JOURS PLUS TARD.
TOUCHÉ!
?!!!?
EXCELLENTE EXTENSION! EXCELLENTE ESTOCADE! BRAVO, CYLINIA!
CLAP! CLAP! CLAP!
13.

MERCI, ANGELO! MAIS JE TROUVE QU'ABEAU MÉRITE AUTANT D'ÉLOGE QUE MOI!
TOUT À FAIT D'ACCORD! J'ÉTAIS À DEUX DOIGTS DE REMPORTER LE COMBAT!
HAHAHA! LES HOMMES SONT TOUS LES MÊMES, ILS NE SUPPORTENT PAS L'IDÉE D'ÊTRE BATTUS PAR UNE FEMME, FÛT-ELLE LEUR PROPRE SOEUR!
IL DEVRAIT POURTANT ÊTRE HABITUÉ! DEPUIS COMBIEN DE TEMPS N'A-T-IL PAS PLANTÉ LA POINTE DE SON FLEURET DANS MON PETIT COEUR?
C'EST LE MOMENT QUE JE PRÉFÈRE: APRÈS LA DÉFAITE, LE VAINCU DOIT SUPPORTER LES SARCASMES DU VAINQUEUR!
AU DEMEURANT, À VOIR LA MANIÈRE DONT VOUS MANIEZ L'ÉPÉE TOUS LES DEUX, JE ME DEMANDE SI J'AI ENCORE QUELQUE CHOSE À VOUS APPRENDRE SUR L'ART DU DUEL!
C'EST VRAI! C'EST À CROIRE QUE NOS AMIS DE ROQUEBRUNE BÉNÉFICIENT DE PLUSIEURS SIÈCLES D'ENTRAÎNEMENT!
?!
D'ORCIÈRES!? QUE FAITES-VOUS À LONDRES?
PERSONNE NE NOUS A PRÉVENUS DE VOTRE ARRIVÉE...
JE SAIS... MAIS L'URGENCE D'UNE SITUATION EXIGE PARFOIS QUE L'ON FASSE ENTORSE AU PROTOCOLE.
JE VOUS LAISSE... D'AUTRES ÉLÈVES M'ATTENDENT...
LE HASARD ET LA CHANCE ONT CETTE FOIS ÉTÉ NOS ALLIÉS DANS L'ENCHAÎNEMENT DES ÉVÉNEMENTS! PLAISE À DIEU QU'IL EN SOIT AINSI POUR VOTRE MISSION JUSQU'À SON ACHÈVEMENT...
...NOUS AVONS ENFIN RETROUVÉ LA PISTE DE SANDOR WELTMAN!
VOUS ÊTES SÉRIEUX?!
JUGEZ VOUS-MÊME, MADAME!
14

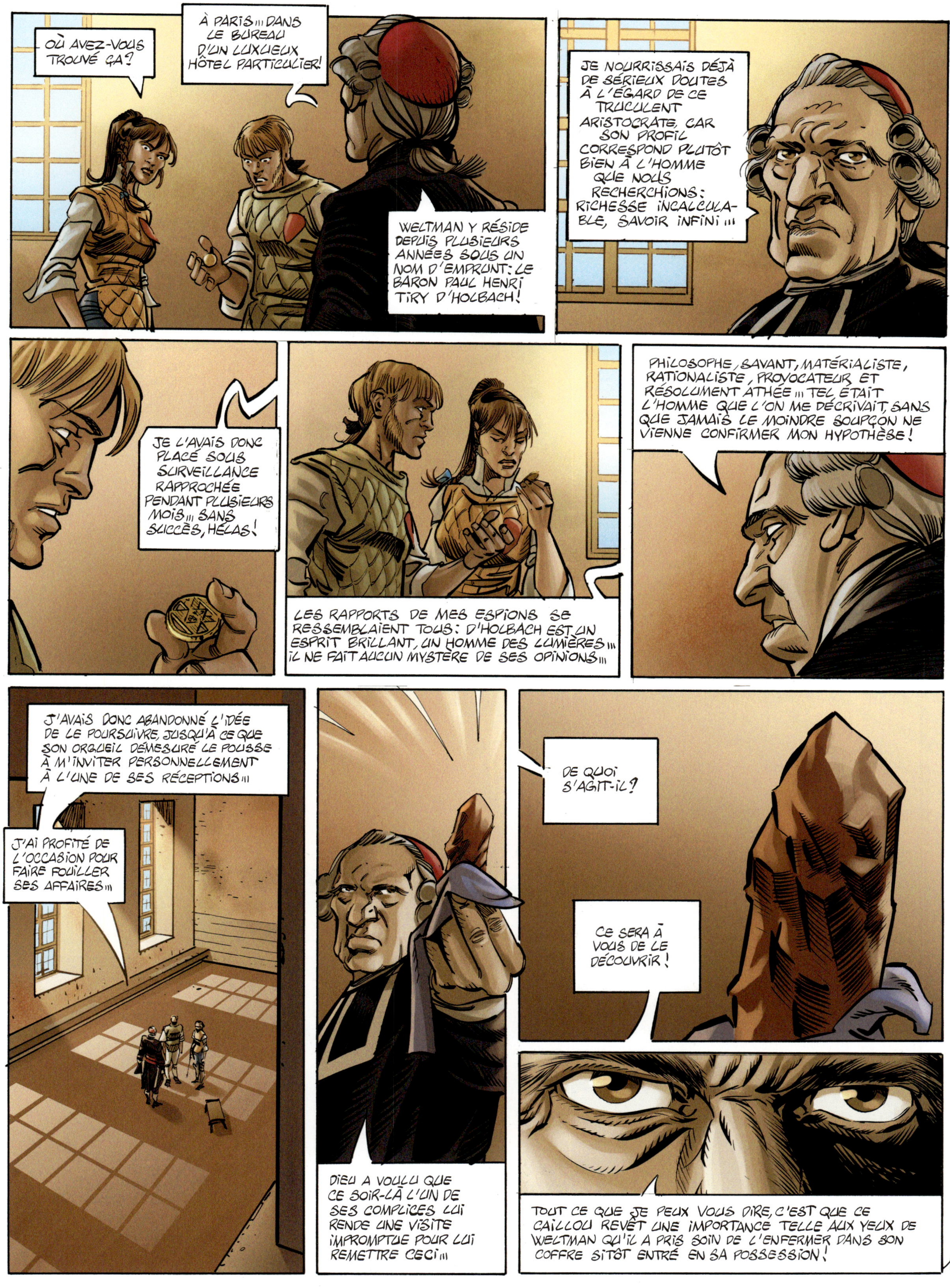
OÙ AVEZ-VOUS TROUVÉ ÇA ?
À PARIS... DANS LE BUREAU D'UN LUXUEUX HÔTEL PARTICULIER !
WELTMAN Y RÉSIDE DEPUIS PLUSIEURS ANNÉES SOUS UN NOM D'EMPRUNT : LE BARON PAUL HENRI TIRY D'HOLBACH !
JE NOURRISSAIS DÉJÀ DE SÉRIEUX DOUTES À L'ÉGARD DE CE TRUCULENT ARISTOCRATE, CAR SON PROFIL CORRESPOND PLUTÔT BIEN À L'HOMME QUE NOUS RECHERCHIONS : RICHESSE INCALCULABLE, SAVOIR INFINI...
JE L'AVAIS DONC PLACÉ SOUS SURVEILLANCE RAPPROCHÉE PENDANT PLUSIEURS MOIS... SANS SUCCÈS, HÉLAS !
LES RAPPORTS DE MES ESPIONS SE RESSEMBLAIENT TOUS : D'HOLBACH EST UN ESPRIT BRILLANT, UN HOMME DES LUMIÈRES... IL NE FAIT AUCUN MYSTÈRE DE SES OPINIONS...
PHILOSOPHE, SAVANT, MATÉRIALISTE, RATIONALISTE, PROVOCATEUR ET RÉSOLUMENT ATHÉE... TEL ÉTAIT L'HOMME QUE L'ON ME DÉCRIVAIT, SANS QUE JAMAIS LE MOINDRE SOUPÇON NE VIENNE CONFIRMER MON HYPOTHÈSE !
J'AVAIS DONC ABANDONNÉ L'IDÉE DE LE POURSUIVRE, JUSQU'À CE QUE SON ORGUEIL DÉMESURÉ LE POUSSE À M'INVITER PERSONNELLEMENT À L'UNE DE SES RÉCEPTIONS...
J'AI PROFITÉ DE L'OCCASION POUR FAIRE FOUILLER SES AFFAIRES...
DIEU A VOULU QUE CE SOIR-LÀ L'UN DE SES COMPLICES LUI RENDE UNE VISITE IMPROMPTUE POUR LUI REMETTRE CECI...
DE QUOI S'AGIT-IL ?
CE SERA À VOUS DE LE DÉCOUVRIR !
TOUT CE QUE JE PEUX VOUS DIRE, C'EST QUE CE CAILLOU REVÊT UNE IMPORTANCE TELLE AUX YEUX DE WELTMAN QU'IL A PRIS SOIN DE L'ENFERMER DANS SON COFFRE SITÔT ENTRÉ EN SA POSSESSION !
15.

LE LENDEMAIN, AU LARGE DES CÔTES NANTAISES...
ET SI CE N'ÉTAIT PAS LUI?
COMMENT CELA?
SI TOUT CELA FAISAIT PARTIE D'UN VASTE STRATAGÈME ORCHESTRÉ PAR WELTMAN, ET DESTINÉ À NOUS FAIRE COURIR LE MONDE À LA POURSUITE D'UN LEURRE?!
WELTMAN EST CAPABLE DE TOUT, EN EFFET! NOUS L'AVONS AFFRONTÉ SUFFISAMMENT PAR LE PASSÉ POUR NOUS MONTRER CIRCONSPECTS!
...CEPENDANT, RECONNAIS QUE CE TALISMAN RESSEMBLE À CEUX QUE NOUS AVONS DÉJÀ TROUVÉS SUR LES CADAVRES DE SES PROCHES ET DE SES LIEUTENANTS!
CELA NE PROUVE RIEN! N'IMPORTE QUI PEUT FABRIQUER UNE BRELOQUE SEMBLABLE À CELLE-CI! IL PEUT S'AGIR D'UNE IMITATION!
QUAND BIEN MÊME! CETTE PISTE EST LA SEULE QUE NOUS AYONS! TU AURAIS PEUT-ÊTRE PRÉFÉRÉ CONTINUER À FAIRE SEMBLANT DE TE BATTRE SOUS LES CONSEILS D'UN MAÎTRE D'ARMES, MAIS MOI J'EN AI PLUS QU'ASSEZ!
L'INACTIVITÉ ME PÈSE! CETTE OCCASION EST CELLE QUE NOUS ATTENDIONS DEPUIS DES ANNÉES!
TU N'AS PAS CHANGÉ, CYLINIA! TU TE CONDUIS TOUJOURS COMME UNE GAMINE ENTÊTÉE! PRÊTE À MORDRE LE PREMIER VENU PARCE QU'UN PAPISTE TE L'A ORDONNÉ!
PERSONNE NE ME DONNE D'ORDRE, PETIT FRÈRE! LES CATHOLIQUES POURSUIVENT LE MÊME BUT QUE NOUS CONCERNANT WELTMAN, MAIS NOUS RESTONS ENTIÈREMENT INDÉPENDANTS ET LIBRES DE NOS MOUVEMENTS!
LIBRE?! OÙ DONC EST-ELLE, CETTE LIBERTÉ DONT TU PARLES? NOS MAÎTRES NE NOUS ONT JAMAIS DONNÉ À CHOISIR!
PEUT-ÊTRE! MAIS JE PRÉFÈRE CES CHAÎNES-LÀ À CELLE DE LA MISÈRE OU DE LA RELIGION!
16.

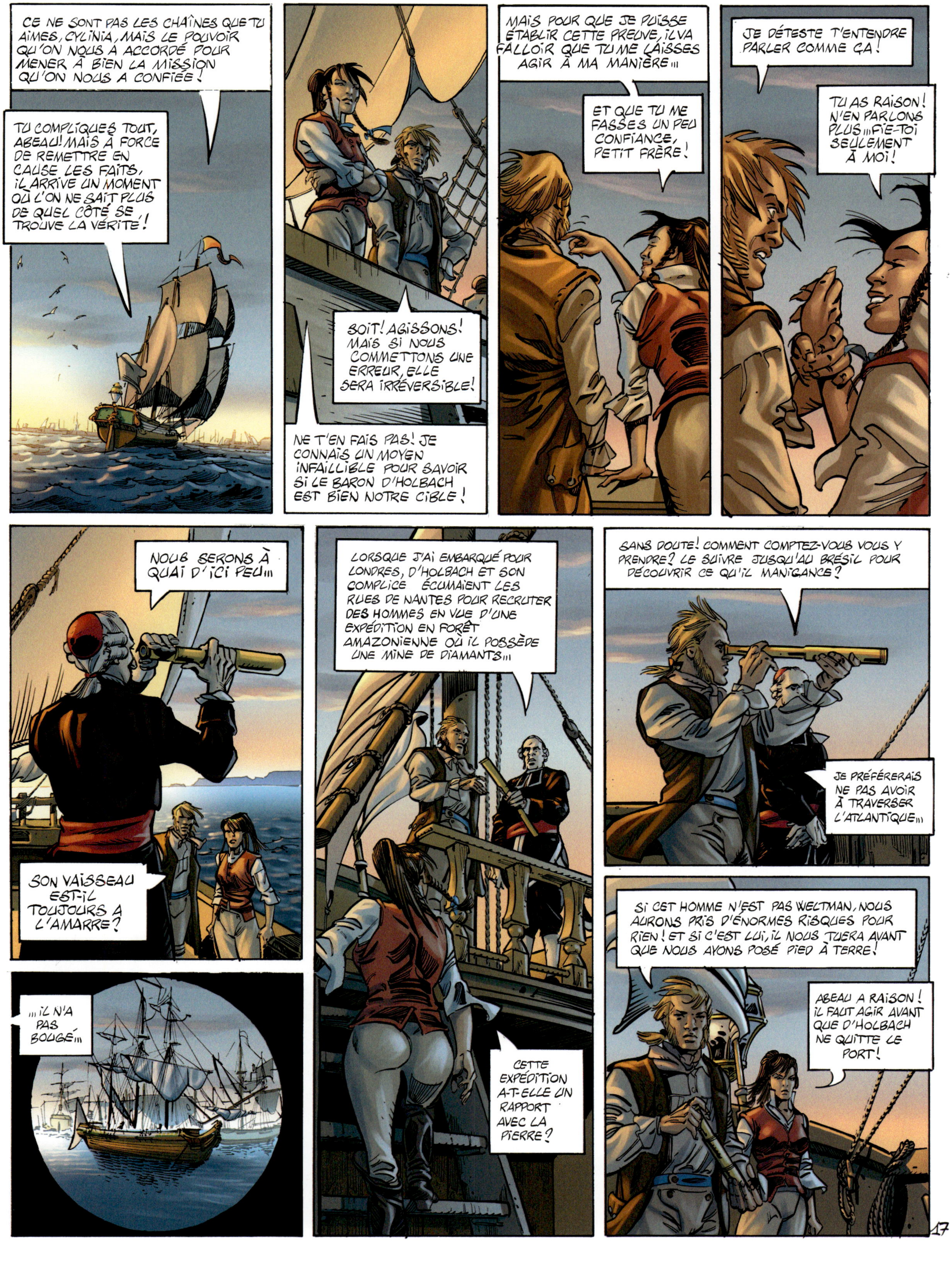

CE NE SONT PAS LES CHAÎNES QUE TU AIMES, CYLINIA, MAIS LE POUVOIR QU'ON NOUS A ACCORDÉ POUR MENER À BIEN LA MISSION QU'ON NOUS A CONFIÉE !
TU COMPLIQUES TOUT, ABEAU! MAIS À FORCE DE REMETTRE EN CAUSE LES FAITS, IL ARRIVE UN MOMENT OÙ L'ON NE SAIT PLUS DE QUEL CÔTÉ SE TROUVE LA VÉRITÉ !
SOIT! AGISSONS! MAIS SI NOUS COMMETTONS UNE ERREUR, ELLE SERA IRRÉVERSIBLE!
NE T'EN FAIS PAS! JE CONNAIS UN MOYEN INFAILLIBLE POUR SAVOIR SI LE BARON D'HOLBACH EST BIEN NOTRE CIBLE !
MAIS POUR QUE JE PUISSE ÉTABLIR CETTE PREUVE, IL VA FALLOIR QUE TU ME LAISSES AGIR À MA MANIÈRE...
ET QUE TU ME FASSES UN PEU CONFIANCE, PETIT FRÈRE !
JE DÉTESTE T'ENTENDRE PARLER COMME ÇA !
TU AS RAISON ! N'EN PARLONS PLUS... FIE-TOI SEULEMENT À MOI !
NOUS SERONS À QUAI D'ICI PEU...
SON VAISSEAU EST-IL TOUJOURS À L'AMARRE ?
...IL N'A PAS BOUGÉ...
LORSQUE J'AI EMBARQUÉ POUR LONDRES, D'HOLBACH ET SON COMPLICE ÉCUMAIENT LES RUES DE NANTES POUR RECRUTER DES HOMMES EN VUE D'UNE EXPÉDITION EN FORÊT AMAZONIENNE OÙ IL POSSÈDE UNE MINE DE DIAMANTS...
CETTE EXPÉDITION A-T-ELLE UN RAPPORT AVEC LA PIERRE ?
SANS DOUTE! COMMENT COMPTEZ-VOUS VOUS Y PRENDRE? LE SUIVRE JUSQU'AU BRÉSIL POUR DÉCOUVRIR CE QU'IL MANIGANCE ?
JE PRÉFÉRERAIS NE PAS AVOIR À TRAVERSER L'ATLANTIQUE...
SI CET HOMME N'EST PAS WELTMAN, NOUS AURONS PRIS D'ÉNORMES RISQUES POUR RIEN ! ET SI C'EST LUI, IL NOUS TUERA AVANT QUE NOUS AYONS POSÉ PIED À TERRE !
ABEAU A RAISON ! IL FAUT AGIR AVANT QUE D'HOLBACH NE QUITTE LE PORT !
17

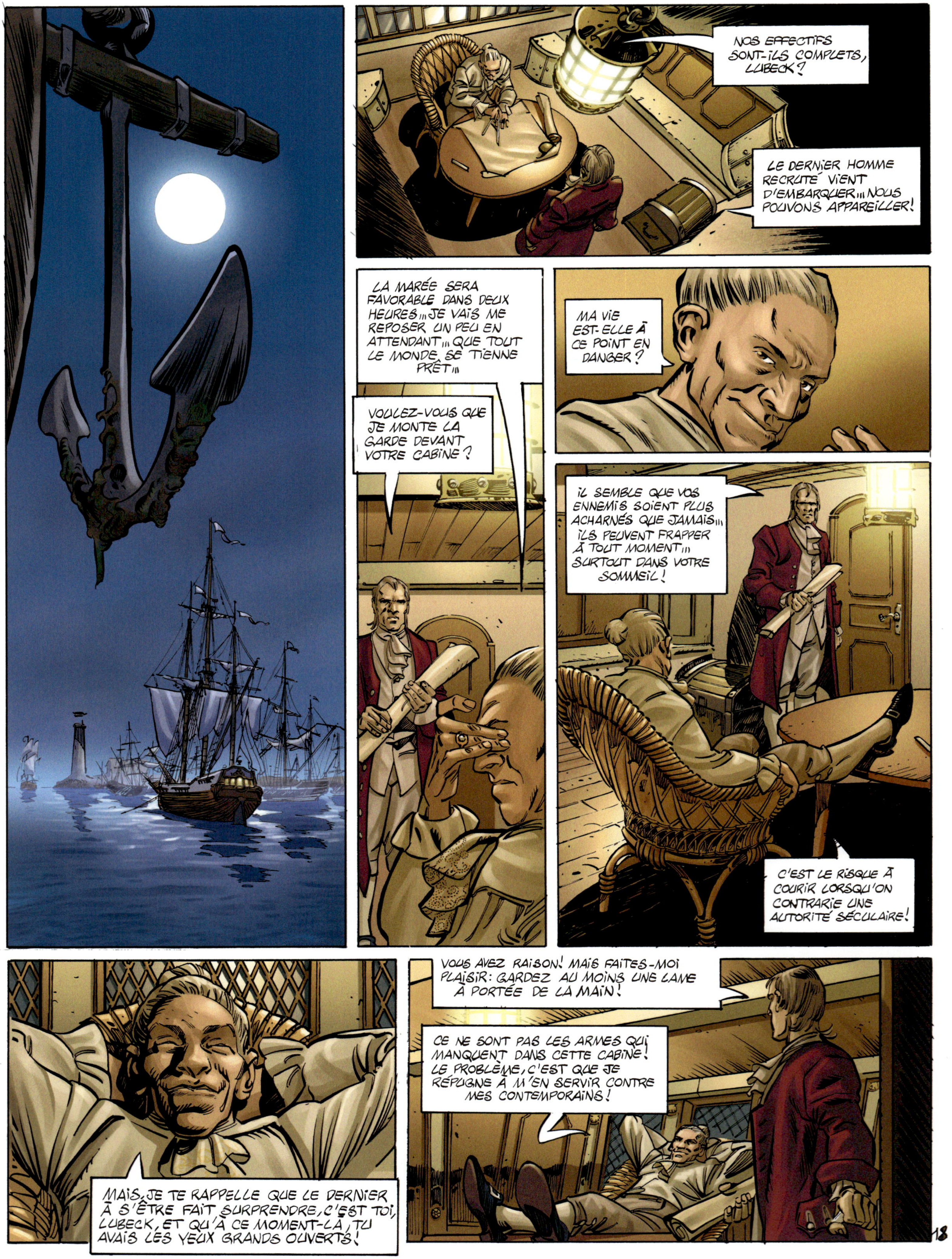
NOS EFFECTIFS SONT-ILS COMPLETS, LUBECK ?
LE DERNIER HOMME RECRUTÉ VIENT D'EMBARQUER... NOUS POUVONS APPAREILLER !
LA MARÉE SERA FAVORABLE DANS DEUX HEURES... JE VAIS ME REPOSER UN PEU EN ATTENDANT... QUE TOUT LE MONDE SE TIENNE PRÊT...
VOULEZ-VOUS QUE JE MONTE LA GARDE DEVANT VOTRE CABINE ?
MA VIE EST-ELLE À CE POINT EN DANGER ?
IL SEMBLE QUE VOS ENNEMIS SOIENT PLUS ACHARNÉS QUE JAMAIS... ILS PEUVENT FRAPPER À TOUT MOMENT... SURTOUT DANS VOTRE SOMMEIL !
C'EST LE RISQUE À COURIR LORSQU'ON CONTRARIE UNE AUTORITÉ SÉCULAIRE !
MAIS JE TE RAPPELLE QUE LE DERNIER À S'ÊTRE FAIT SURPRENDRE, C'EST TOI, LUBECK, ET QU'À CE MOMENT-LÀ, TU AVAIS LES YEUX GRANDS OUVERTS !
VOUS AVEZ RAISON ! MAIS FAITES-MOI PLAISIR : GARDEZ AU MOINS UNE LAME À PORTÉE DE LA MAIN !
CE NE SONT PAS LES ARMES QUI MANQUENT DANS CETTE CABINE ! LE PROBLÈME, C'EST QUE JE RÉPUGNE À M'EN SERVIR CONTRE MES CONTEMPORAINS !
18

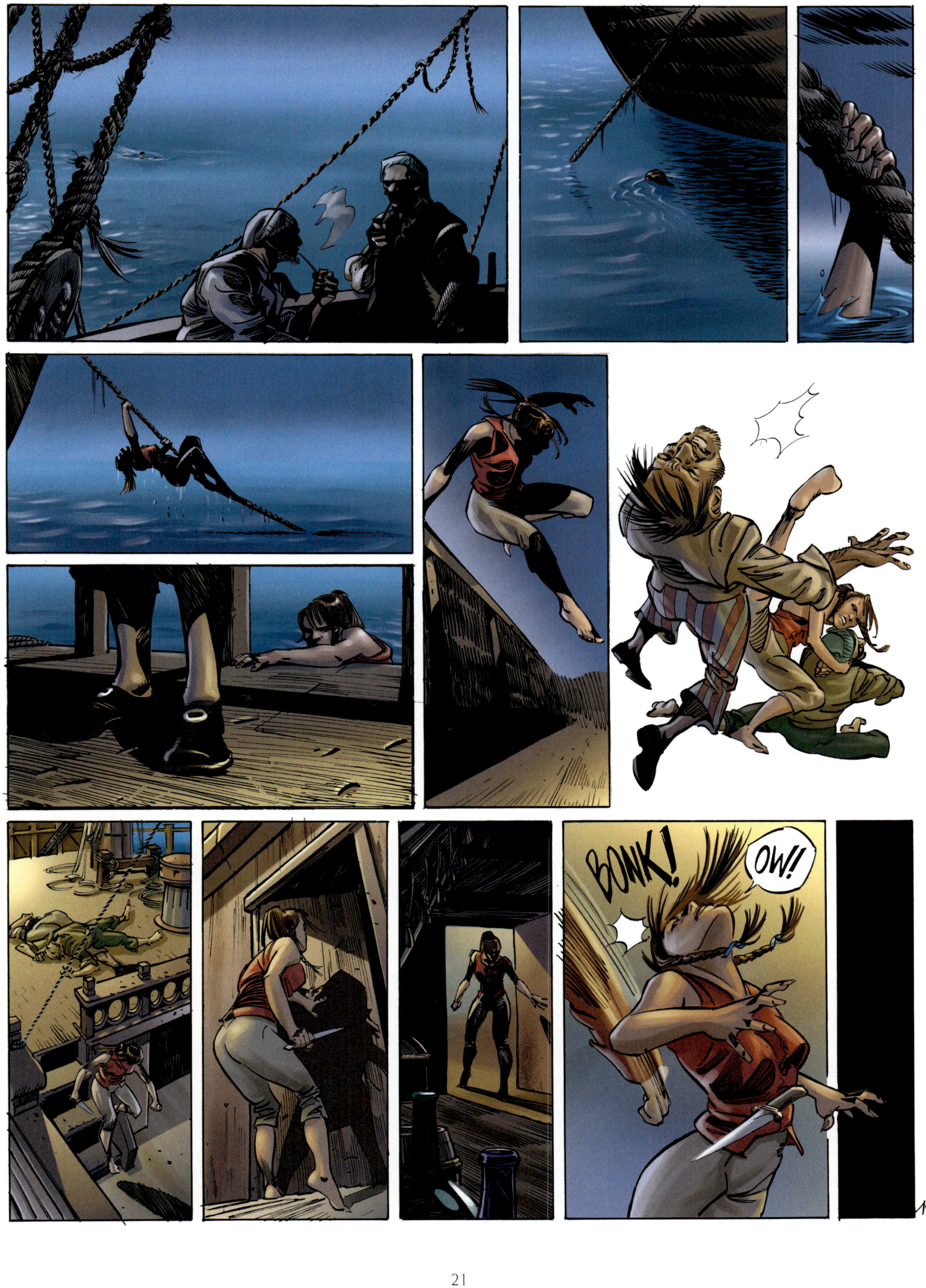
BONK!
OW!
19.

TU AS PEUT-ÊTRE FRAPPÉ UN PEU FORT, LUBECK ?
LA GARCE EST SOLIDE... JE SUIS SÛR QU'ELLE NOUS ENTEND !
WELTMAN ? C'EST VOUS ?
VOUS N'EN ÊTES PAS CERTAINE ? ALORS PERMETTEZ QUE JE ME PRÉSENTE : BARON D'HOLBACH, POUR VOUS SERVIR !
SI L'ON EN JUGE PAR VOS ACTES ET VOTRE ÉQUIPEMENT, VOUS N'ÉTIEZ PAS MONTÉE À BORD POUR FAIRE LA CUISINE !
QU'ESPÉRIEZ-VOUS ? QU'ON VOUS LAISSE M'ASSASSINER EN TOUTE QUIÉTUDE ?
VOUS NE M'IMPRESSIONNEZ PAS, WELTMAN ! VOS FAUSSES IDENTITÉS, VOS DÉGUISEMENTS ET VOS MAQUILLAGES N'Y CHANGERONT RIEN ! D'UNE MANIÈRE OU D'UNE AUTRE, JE VOUS TUERAI !
VOUS ÊTES UNE FEMME DE CARACTÈRE... J'APPRÉCIE ! HÉLAS, IL SEMBLE QUE VOUS AVEZ AUSSI L'EXÉCRABLE MANIE DE PENSER POUVOIR DISPOSER DE LA VIE D'AUTRUI COMME BON VOUS SEMBLE ! L'ÉCLAT DE VOS QUALITÉS S'EN TROUVE PASSABLEMENT TERNI !
ALLEZ AU DIABLE !
VOUS SEMBLEZ SOUHAITER MA MORT... ADMETTONS ! AURIEZ-VOUS L'OBLIGEANCE DE M'EN FOURNIR LA RAISON ?
MONTREZ-MOI VOTRE POITRINE ET JE VOUS LA DIRAI !
QUE JE ME DÉSHABILLE ? DEVANT VOUS ? MAINTENANT ? C'EST LA PROPOSITION LA PLUS SINGULIÈRE QU'IL M'AIT ÉTÉ DONNÉ D'ENTENDRE...
ET QU'ESPÉREZ-VOUS DONC TROUVER SUR MON TORSE ?
UNE CICATRICE ...
CELLE QUE JE VOUS AI FAITE MOI-MÊME AVEC LA POINTE DE MON ÉPÉE LORS DE NOTRE DERNIÈRE RENCONTRE !
20.

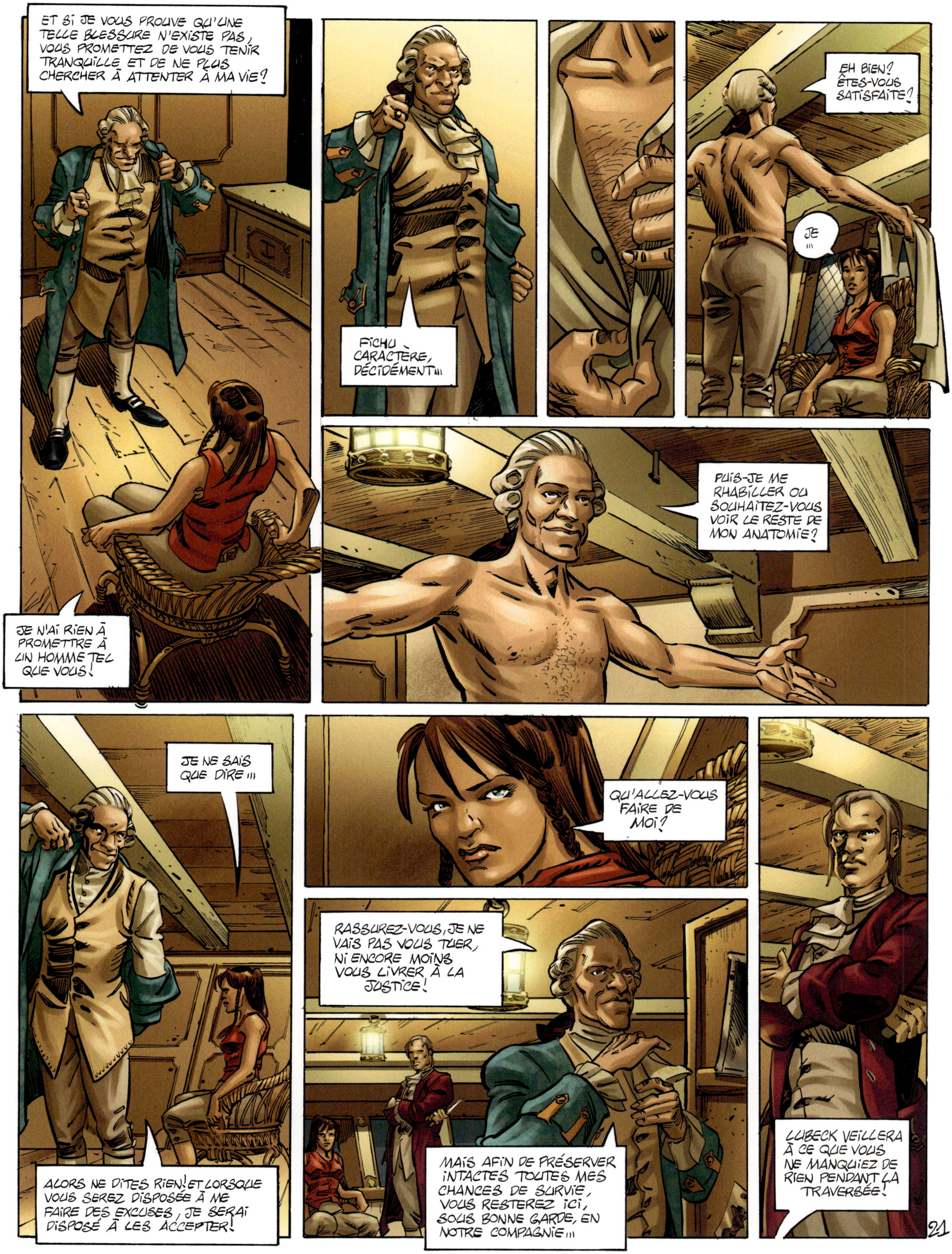
ET SI JE VOUS PROUVE QU'UNE TELLE BLESSURE N'EXISTE PAS, VOUS PROMETTEZ DE VOUS TENIR TRANQUILLE ET DE NE PLUS CHERCHER À ATTENTER À MA VIE ?
JE N'AI RIEN À PROMETTRE À UN HOMME TEL QUE VOUS !
FICHU CARACTÈRE, DÉCIDÉMENT...
EH BIEN ? ÊTES-VOUS SATISFAITE ?
JE ...
PUIS-JE ME RHABILLER OU SOUHAITEZ-VOUS VOIR LE RESTE DE MON ANATOMIE ?
JE NE SAIS QUE DIRE...
ALORS NE DITES RIEN ! ET LORSQUE VOUS SEREZ DISPOSÉE À ME FAIRE DES EXCUSES, JE SERAI DISPOSÉ À LES ACCEPTER !
QU'ALLEZ-VOUS FAIRE DE MOI ?
RASSUREZ-VOUS, JE NE VAIS PAS VOUS TUER, NI ENCORE MOINS VOUS LIVRER À LA JUSTICE !
MAIS AFIN DE PRÉSERVER INTACTES TOUTES MES CHANCES DE SURVIE, VOUS RESTEREZ ICI, SOUS BONNE GARDE, EN NOTRE COMPAGNIE...
LUBECK VEILLERA À CE QUE VOUS NE MANQUIEZ DE RIEN PENDANT LA TRAVERSÉE !
21

CYLINIA!
TOC! TOC! TOC!
CYLINIA?
CYLINIA!
QUE SE PASSE-T-IL, ROQUEBRUNE?
CYLINIA N'EST PLUS DANS SA CABINE!
!?!
ELLE M'AVAIT PROMIS D'ATTENDRE L'AUBE POUR AGIR... NOUS DEVIONS NOUS INTRODUIRE ENSEMBLE SUR LE NAVIRE...
VOTRE SOEUR EST PLUS IMPULSIVE QUE VOUS NE LE PENSEZ! MAIS J'AI UNE AUTRE MAUVAISE NOUVELLE...
...LE VAISSEAU DE D'HOLBACH A LEVÉ L'ANCRE PENDANT LA NUIT!
SI L'ON CONSIDÈRE QUE CYLINIA S'EST INTRODUITE À SON BORD POUR ÉLIMINER WELTMAN, IL Y A DE FORTES CHANCES QU'ELLE SOIT MORTE À L'HEURE QU'IL EST...
S'IL EN EST AINSI, JE POURSUIVRAI CE DÉMON JUSQU'EN ENFER ET JE JURE SUR MES ANCÊTRES QU'ELLE SERA VENGÉE!
22

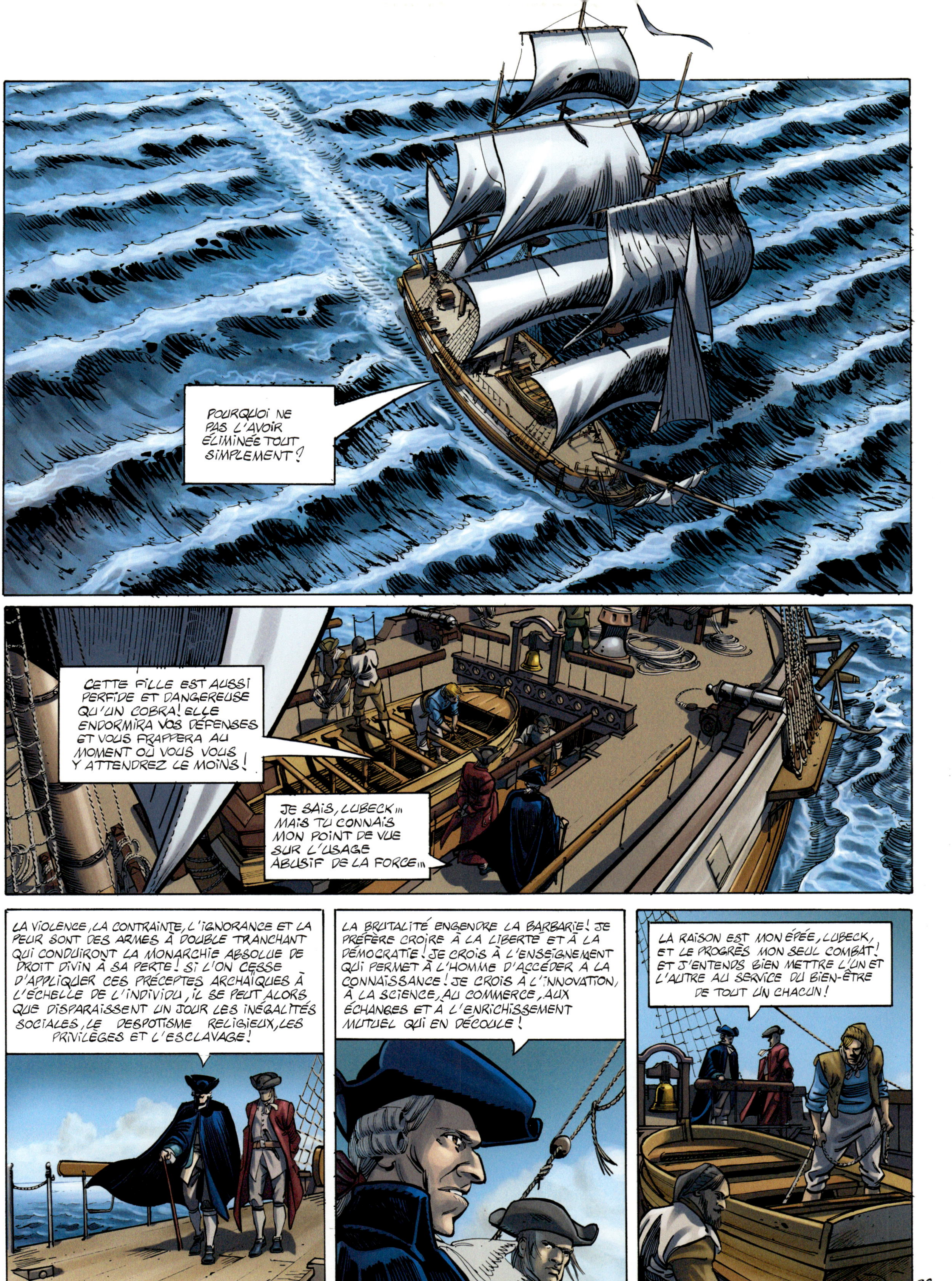
POURQUOI NE PAS L'AVOIR ÉLIMINÉE TOUT SIMPLEMENT ?
CETTE FILLE EST AUSSI PERFIDE ET DANGEREUSE QU'UN COBRA ! ELLE ENDORMIRA VOS DÉFENSES ET VOUS FRAPPERA AU MOMENT OÙ VOUS VOUS Y ATTENDREZ LE MOINS !
JE SAIS, LUBECK... MAIS TU CONNAIS MON POINT DE VUE SUR L'USAGE ABUSIF DE LA FORCE...
LA VIOLENCE, LA CONTRAINTE, L'IGNORANCE ET LA PEUR SONT DES ARMES À DOUBLE TRANCHANT QUI CONDUIRONT LA MONARCHIE ABSOLUE DE DROIT DIVIN À SA PERTE ! SI L'ON CESSE D'APPLIQUER CES PRÉCEPTES ARCHAÏQUES À L'ÉCHELLE DE L'INDIVIDU, IL SE PEUT ALORS QUE DISPARAISSENT UN JOUR LES INÉGALITÉS SOCIALES, LE DESPOTISME RELIGIEUX, LES PRIVILÈGES ET L'ESCLAVAGE !
LA BRUTALITÉ ENGENDRE LA BARBARIE ! JE PRÉFÈRE CROIRE À LA LIBERTÉ ET À LA DÉMOCRATIE ! JE CROIS À L'ENSEIGNEMENT QUI PERMET À L'HOMME D'ACCÉDER À LA CONNAISSANCE ! JE CROIS À L'INNOVATION, À LA SCIENCE, AU COMMERCE, AUX ÉCHANGES ET À L'ENRICHISSEMENT MUTUEL QUI EN DÉCOULE !
LA RAISON EST MON ÉPÉE, LUBECK, ET LE PROGRÈS MON SEUL COMBAT ! ET J'ENTENDS BIEN METTRE L'UN ET L'AUTRE AU SERVICE DU BIEN-ÊTRE DE TOUT UN CHACUN !
23.

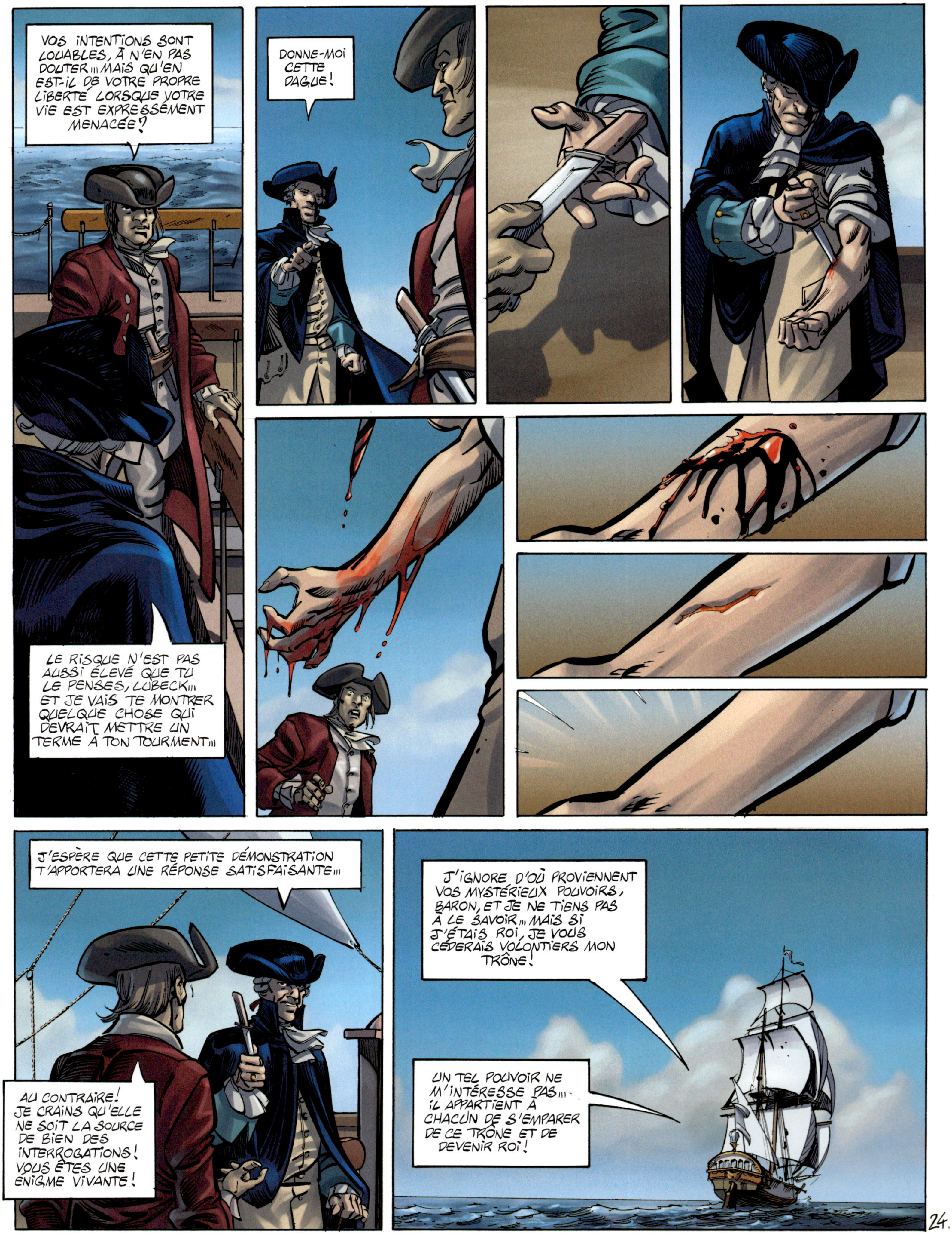
VOS INTENTIONS SONT LOUABLES, À N'EN PAS DOUTER... MAIS QU'EN EST-IL DE VOTRE PROPRE LIBERTÉ LORSQUE VOTRE VIE EST EXPRESSÉMENT MENACÉE?
DONNE-MOI CETTE DAGUE!
LE RISQUE N'EST PAS AUSSI ÉLEVÉ QUE TU LE PENSES, LUBECK... ET JE VAIS TE MONTRER QUELQUE CHOSE QUI DEVRAIT METTRE UN TERME À TON TOURMENT...
J'ESPÈRE QUE CETTE PETITE DÉMONSTRATION T'APPORTERA UNE RÉPONSE SATISFAISANTE...
AU CONTRAIRE! JE CRAINS QU'ELLE NE SOIT LA SOURCE DE BIEN DES INTERROGATIONS! VOUS ÊTES UNE ÉNIGME VIVANTE!
J'IGNORE D'OÙ PROVIENNENT VOS MYSTÉRIEUX POUVOIRS, BARON, ET JE NE TIENS PAS À LE SAVOIR... MAIS SI J'ÉTAIS ROI, JE VOUS CÉDERAIS VOLONTIERS MON TRÔNE!
UN TEL POUVOIR NE M'INTÉRESSE PAS... IL APPARTIENT À CHACUN DE S'EMPARER DE CE TRÔNE ET DE DEVENIR ROI!
24.

NORD DU BRÉSIL, QUELQUES SEMAINES PLUS TARD...
25.

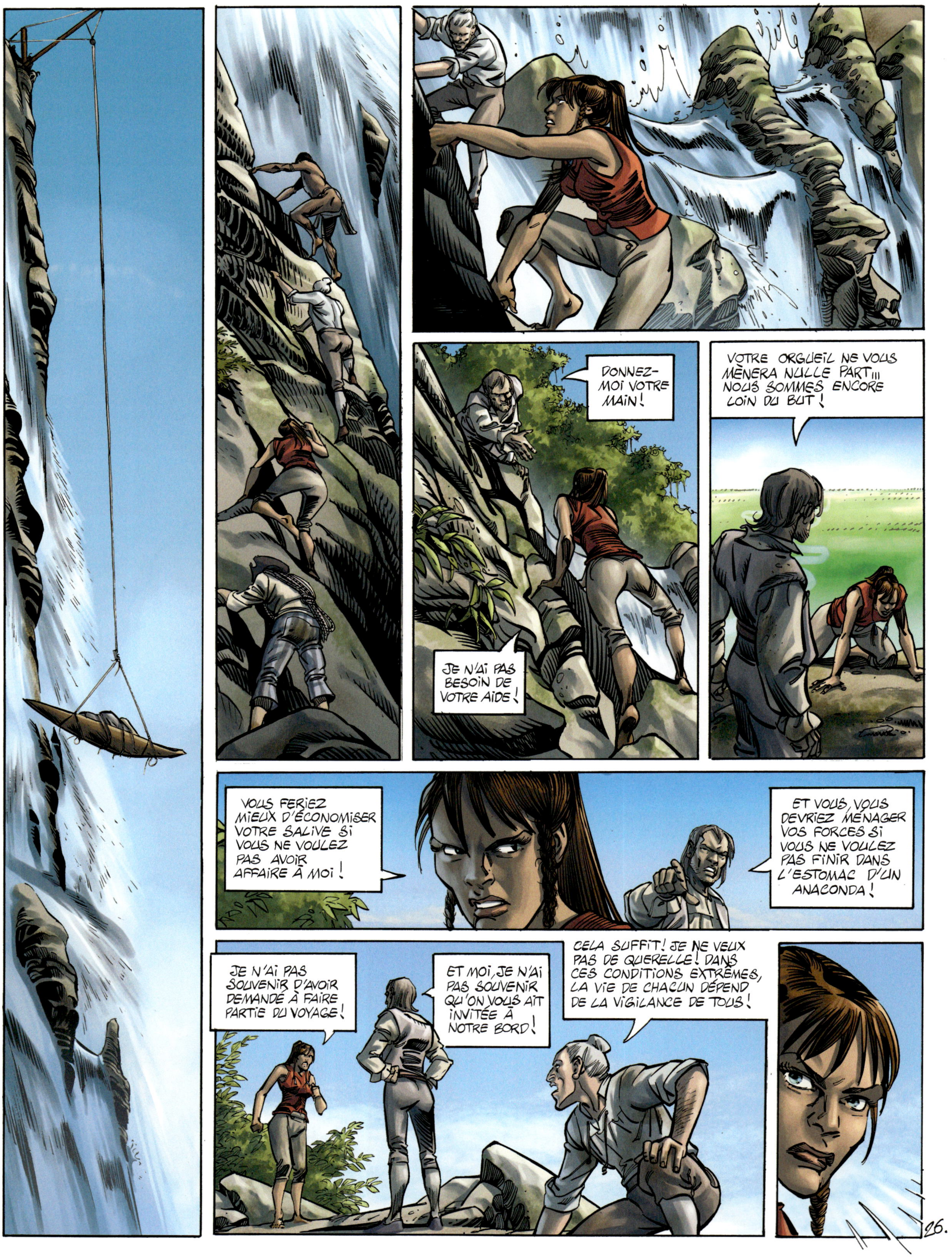
DONNEZ-MOI VOTRE MAIN !
JE N'AI PAS BESOIN DE VOTRE AIDE !
VOTRE ORGUEIL NE VOUS MÈNERA NULLE PART... NOUS SOMMES ENCORE LOIN DU BUT !
VOUS FERIEZ MIEUX D'ÉCONOMISER VOTRE SALIVE SI VOUS NE VOULEZ PAS AVOIR AFFAIRE À MOI !
ET VOUS, VOUS DEVRIEZ MÉNAGER VOS FORCES SI VOUS NE VOULEZ PAS FINIR DANS L'ESTOMAC D'UN ANACONDA !
JE N'AI PAS SOUVENIR D'AVOIR DEMANDÉ À FAIRE PARTIE DU VOYAGE !
ET MOI, JE N'AI PAS SOUVENIR QU'ON VOUS AIT INVITÉE À NOTRE BORD !
CELA SUFFIT ! JE NE VEUX PAS DE QUERELLE ! DANS CES CONDITIONS EXTRÊMES, LA VIE DE CHACUN DÉPEND DE LA VIGILANCE DE TOUS !
26.

AAAAHHHHH!
QU'EST-IL ARRIVÉ ?
ARRHH!
IL A SANS DOUTE ÉTÉ MORDU PAR UN SERPENT !
LE VOILÀ !
TCHAC!
LAISSEZ-MOI FAIRE !
DONNEZ-MOI UN POIGNARD !!!
IL FAUT INCISER LA PLAIE ! DONNEZ-MOI UNE LAME, VITE ! OU BIEN IL VA Y PASSER !
RENDEZ-LUI SA DAGUE !!!
27.

SERREZ LES DENTS, ÇA VA VOUS FAIRE TRÈS MAL!
AAAAHAHH!
FRRRTTT!
¡IL FAUT CAUTÉRISER... LES PLAIES S'INFECTENT RAPIDEMENT SOUS CES CLIMATS...
¡INUTILE!

VOUS POSSÉDEZ UN SINGULIER POUVOIR...
MA MÈRE ÉTAIT SORCIÈRE... L'HÉRITAGE DE TOUT SON TALENT EST CONCENTRÉ DANS MES MAINS...
NOUS NE SOMMES PLUS AU MOYEN ÂGE... LA SORCELLERIE N'EXPLIQUE PAS TOUT !
EN EFFET... J'AI RÉCEMMENT CONSTATÉ QUE CERTAINES GUÉRISONS TENAIENT DAVANTAGE DU MIRACLE OU DE LA MYSTIFICATION...
VOUS FAITES ALLUSION À UN CAS PARTICULIER ?
LA DISPARITION TOTALE DE CERTAINE CICATRICE, PAR EXEMPLE...
VOUS NE VOUS AVOUEZ JAMAIS VAINCUE, N'EST-CE PAS ?
POURQUOI DEVRAIS-JE M'INCLINER DEVANT VOUS, MONSIEUR WELTMAN ?
SI L'ON COMPARE VOTRE POUVOIR AU MIEN, IL SEMBLE QUE NOUS NOUS BATTONS À ARMES ÉGALES !
29.

JE SUPPOSE QUE VOUS DÉSIREZ OBTENIR QUELQUE CHOSE EN ÉCHANGE DU SERVICE QUE VOUS VENEZ DE RENDRE À LUBECK ...
VOUS VOULEZ DIRE QUELQUE CHOSE DE PLUS QUE VOTRE RECONNAISSANCE?
JE N'AI PAS LA RÉPUTATION D'UN INGRAT... DITES UN PRIX, VOUS L'OBTIENDREZ...
JE VEUX REPRENDRE MA LIBERTÉ!
ACCORDÉ!
JE N'AI QU'UNE PAROLE... VOUS POUVEZ PARTIR... PERSONNE NE VOUS RETIENT! PERSONNE NE VOUS TIRERA DANS LE DOS!
EH BIEN... QU'ATTENDEZ-VOUS?
VOUS NE VOULEZ PAS EN PROFITER?
VOUS SAVEZ PERTINEMMENT QUE JE NE RETROUVERAI PAS MON CHEMIN...
À VOTRE GUISE... MON OFFRE NE SERA PEUT-ÊTRE PLUS VALABLE DEMAIN!
30.

DEUX JOURS PLUS TARD...
OÙ EST LE CONTREMAÎTRE, LUBECK? ET OÙ SONT PASSÉS LES HOMMES À QUI TU AS CONFIÉ LA SURVEILLANCE DE LA GALERIE? N'ÉTAIENT-ILS PAS CENSÉS GARDER CET ENDROIT JOUR ET NUIT?
APPAREMMENT, IL Y A EU LUTTE...
ET LA PIERRE?
ELLE EST À L'INTÉRIEUR...
EH BIEN? OÙ EST-ELLE?
ELLE ÉTAIT LÀ...
JE NE COMPRENDS PAS...
ELLE A DISPARU...
31.

IL Y A SÛREMENT UNE EXPLICATION... LES OUVRIERS L'ONT PEUT-ÊTRE DÉPLACÉE POUR DÉGAGER LES CORPS DE LEURS COMPAGNONS?
SANS DOUTE... JE...
VOS HOMMES ONT ÉTÉ MASSACRÉS, BARON!
?!
PÈRE MANUEL! QUE S'EST-IL PASSÉ ICI?
JE N'AI PAS PERSONNELLEMENT ASSISTÉ À LA BOUCHERIE, MAIS D'APRÈS CE QU'ON M'A RACONTÉ, VOS ESCLAVES ONT DONNÉ LEUR VIE POUR DÉFENDRE L'ENTRÉE DE LA GALERIE!
CES GENS N'ÉTAIENT PAS DES ESCLAVES, MAIS DES OUVRIERS...
PEU IMPORTE! IL SEMBLE QUE LEURS ADVERSAIRES SE SOIENT MONTRÉS LES PLUS ACHARNÉS!
ILS LES ONT EXÉCUTÉS JUSQU'AU DERNIER... VOTRE CONTREMAÎTRE A SUBI LE MÊME SORT... PAIX À SON ÂME! NOUS AVONS ENTERRÉ CHRÉTIENNEMENT TOUS LES CORPS...
POUR EFFROYABLE QU'ELLE SOIT, CETTE TUERIE A CERTAINEMENT UN SENS! C'EST PAR VOTRE MISSION QUE TRANSITENT TOUTES LES INFORMATIONS SUR TOUTES LES CONCESSIONS DE LA RÉGION... VOUS DEVEZ BIEN SAVOIR À QUI PROFITE LE CRIME?!
HÉLAS, NON! JE L'IGNORE... ET QUE VOUS LE CROYIEZ OU NON, JE SUIS SINCÈREMENT DÉSOLÉ POUR CE QUI EST ARRIVÉ...
J'AJOUTE QUE MALGRÉ NOS EFFORTS D'ÉVANGÉLISATION, CERTAINES TRIBUS CONTINUENT À SE CONDUIRE COMME DES SAUVAGES...
ET LA PIERRE? OÙ EST-ELLE À PRÉSENT?
LA PIERRE?
32

CELLE QUI SE TROUVAIT ICI ! UNE ÉNORME ROCHE À LA SURFACE BRÛLANTE ET AUX REFLETS MOIRÉS...
JE N'EN AI PAS LA MOINDRE IDÉE... J'IGNORE DE QUOI VOUS PARLEZ...
VOUS MENTEZ !
ARRÊTE, LUBECK !
QUELLE QUE SOIT SA NATURE, SI C'EST CETTE ROCHE QUI A POUSSÉ LES INDIENS À S'ENTRETUER, J'EN CONCLUS QU'IL S'AGIT D'UNE SORTE DE PIERRE SACRÉE...
NOUS N'EN SAVONS RIEN ENCORE... NOUS VENIONS JUSTEMENT POUR L'OBSERVER DE PRÈS...
VOUS ÊTES UN HOMME TRÈS OCCUPÉ, D'HOLBACH... VOUS N'AURIEZ PAS TRAVERSÉ L'OCÉAN EN PERSONNE POUR UN CAILLOU SANS VALEUR...
N'EST-CE PAS ?
POUVEZ-VOUS NOUS DONNER ASILE, À MES HOMMES ET À MOI-MÊME, LE TEMPS QUE NOUS TIRIONS CETTE AFFAIRE AU CLAIR, MON PÈRE ?
J'AURAIS BIEN SÛR SOUHAITÉ VOUS ACCUEILLIR EN DE MEILLEURES CIRCONSTANCES, MAIS LES PORTES DE MA MISSION VOUS SONT GRANDES OUVERTES...
SUIVEZ-MOI !
33.

COMMENT PEUT-ON VIVRE DANS UN PAYS PAREIL ?! LE MOINDRE INSECTE SEMBLE AVOIR ÉTÉ CRÉÉ POUR VOUS EXASPÉRER L'HUMEUR !
VOUS N'ÉTIEZ NULLEMENT OBLIGÉ DE M'ACCOMPAGNER, D'ORCIÈRES !
COMME VOUS N'ÉTIEZ NULLEMENT OBLIGÉ DE FAIRE LA TRAVERSÉE, D'AILLEURS ! CETTE AFFAIRE NE VOUS CONCERNE PLUS À PRÉSENT !
VOTRE PRÉSENCE À MES CÔTÉS N'EST NI NÉCESSAIRE NI MÊME SOUHAITABLE, CAR CETTE EXPÉDITION N'EST PAS EXEMPTE DE DANGERS !
VOUS FAITES ERREUR, ROQUEBRUNE ! CETTE AFFAIRE ME CONCERNE AU PLUS HAUT POINT ET PLUS QUE JAMAIS !
VOUS SEMBLEZ OUBLIER QUE CE SONT MES SERVICES QUI ONT FINALEMENT MIS LA MAIN SUR SANDOR WELTMAN, ET QUE LE PAPE EN PERSONNE ATTEND QU'ON LUI RENDE DES COMPTES TRÈS PRÉCIS SUR CE QUI SERA DÉCOUVERT !
ET VOUS, VOUS SEMBLEZ OUBLIER QUE C'EST GRÂCE À NOS INFORMATIONS QUE VOS SUPÉRIEURS ONT EU VENT DE LA MENACE CONSTITUÉE PAR WELTMAN !
LES ORDRES QUE J'AI REÇUS DU SAINT-SIÈGE SONT PARFAITEMENT CLAIRS ET JE NE PUIS Y DÉROGER... ON M'A CHARGÉ DE SUIVRE CETTE AFFAIRE DE PRÈS ET, QUE VOUS LE VOULIEZ OU NON, VOUS AUREZ À SUPPORTER MA PRÉSENCE À VOS CÔTÉS !
34

?!
QU'EST-CE QUE ...
TAISEZ-VOUS, MON PÈRE ! JE VAIS TOUT VOUS EXPLIQUER, MAIS IL FAUT FAIRE VITE... ALORS NE M'INTERROMPEZ PAS...
35

JE M'APPELLE CYLINIA DE ROQUEBRUNE... VOUS N'AVEZ SANS DOUTE JAMAIS ENTENDU PARLER DE MOI, MAIS PEUT-ÊTRE CONNAISSEZ-VOUS LE CARDINAL D'ORCIÈRES...
DE RÉPUTATION, OUI... ON LE DIT TRÈS INTIME AVEC SA SAINTETÉ LE PAPE BENOIT XIV...
EN EFFET! SACHEZ EN OUTRE QUE D'ORCIÈRES TRAVAILLE POUR MOI...
QUI ÊTES-VOUS DONC?
MOINS VOUS EN SAUREZ, MIEUX VOUS VOUS EN PORTEREZ... CONTENTEZ-VOUS DE SAVOIR QUE MA MISSION CONSISTE À CAPTURER D'HOLBACH...
POUR QUELLES RAISONS? LE BARON EST LOIN D'ÊTRE UN SAINT, MAIS JE CONNAIS PEU D'HOMMES POSSÉDANT UNE TELLE FORTUNE ET SE COMPORTANT DE MANIÈRE AUSSI LOYALE ET AUSSI RESPECTUEUSE ENVERS SON PROCHAIN...
LÀ N'EST PAS LA QUESTION! L'HOMME DONT VOUS PARLEZ N'EXISTE PAS! LE BARON D'HOLBACH EST UNE FAÇADE! CELUI QUI SE CACHE DERRIÈRE CETTE FAUSSE IDENTITÉ N'EST AUTRE QUE SANDOR WELTMAN!
WELTMAN?! C'EST UNE PLAISANTERIE...
VOUS NE ME CROYEZ PAS?
AVEC UNE DAGUE POSÉE EN TRAVERS DE LA GORGE, JE SUIS PRÊT À CROIRE N'IMPORTE QUOI!
J'ÉLOIGNERAI CETTE LAME DE VOTRE ARTÈRE SI VOUS ME PROMETTEZ DE M'AIDER...
AI-JE LE CHOIX?
PROMETTEZ-LE OU VOUS N'AUREZ PLUS JAMAIS LE CHOIX!
TRÈS BIEN... SUR LA BIBLE, JE JURE DE VOUS AIDER DANS LA MESURE DE MES POSSIBILITÉS...
36.

VOUS N'ÊTES PAS SANS SAVOIR QU'UNE FACTION DE L'ORDRE AUQUEL VOUS APPARTENEZ A POUR VOCATION DE DÉCOUVRIR OÙ SE CACHE SANDOR WELTMAN ET QUELLES SONT SES VÉRITABLES PROJETS...
EN EFFET, À UNE ÉPOQUE, ON M'AVAIT MÊME PROPOSÉ DE FAIRE PARTIE DE CETTE COMMUNAUTÉ...
CETTE COMMUNAUTÉ EST EN RÉALITÉ UN GIGANTESQUE RÉSEAU COMPOSÉ ESSENTIELLEMENT DE JÉSUITES MAIS AUSSI DE MERCENAIRES... CHAQUE MEMBRE DE CETTE CONGRÉGATION SECRÈTE OEUVRE DEPUIS DES LUSTRES AUX QUATRE COINS DU MONDE POUR TENTER DE DÉBUSQUER WELTMAN !
LE BRUIT COURT QUE CET HOMME EST ASSOCIÉ AUX CRÉATURES DE L'ENFER !
CE N'EST PAS UN BRUIT... C'EST LA VÉRITÉ, MON PÈRE !
QUE DIEU VOUS ÉPARGNE D'AVOIR À CROISER UN JOUR LEUR CHEMIN...
... CAR RARE SONT CEUX QUI LES ONT CONTEMPLÉES ET QUI SONT RESTÉS EN VIE...
JE N'ÉTAIS QU'UNE ENFANT LORSQUE LE HASARD ME MIT EN PRÉSENCE DE CES ÊTRES... MAIS JE N'OUBLIERAI JAMAIS LEUR YEUX BRÛLANTS QUI SEMBLAIENT SCRUTER L'INTÉRIEUR DE MON ESPRIT...
37

JE CROYAIS CE DÉMON INSAISISSABLE !
C'ÉTAIT VRAI IL Y A QUELQUES SEMAINES ENCORE... MAIS GRÂCE À L'UN DE SES AGENTS, LE CARDINAL D'ORCIÈRES EST ENFIN PARVENU À L'IDENTIFIER...
QU'ATTENDEZ-VOUS DE MOI ?
LES INDIENS VOUS OBÉISSENT-ILS ?
ILS ONT CONFIANCE EN MOI, OUI, POURQUOI ?
DEMANDEZ-LEUR DE CAPTURER WELTMAN AINSI QUE TOUS SES COMPLICES !
ET ENSUITE ? QU'ALLONS-NOUS FAIRE DE TOUS CES PRISONNIERS ?
J'AVISERAI PLUS TARD... CONTENTEZ-VOUS DE LES SURVEILLER ET DE LES EMPÊCHER DE FUIR !
QUELLES INFORMATIONS POSSÉDEZ-VOUS SUR LA ROCHE QUI SE TROUVAIT SOUS LA GALERIE ?
COMME JE L'AI DÉJÀ DIT... JE NE SAIS RIEN... ABSOLUMENT RIEN...
DITES-MOI LA VÉRITÉ !!!
JE...
D'ACCORD ! JE VAIS VOUS DIRE CE QUE JE SAIS...
TÂCHEZ D'ÊTRE CONVAINCANT !
38.

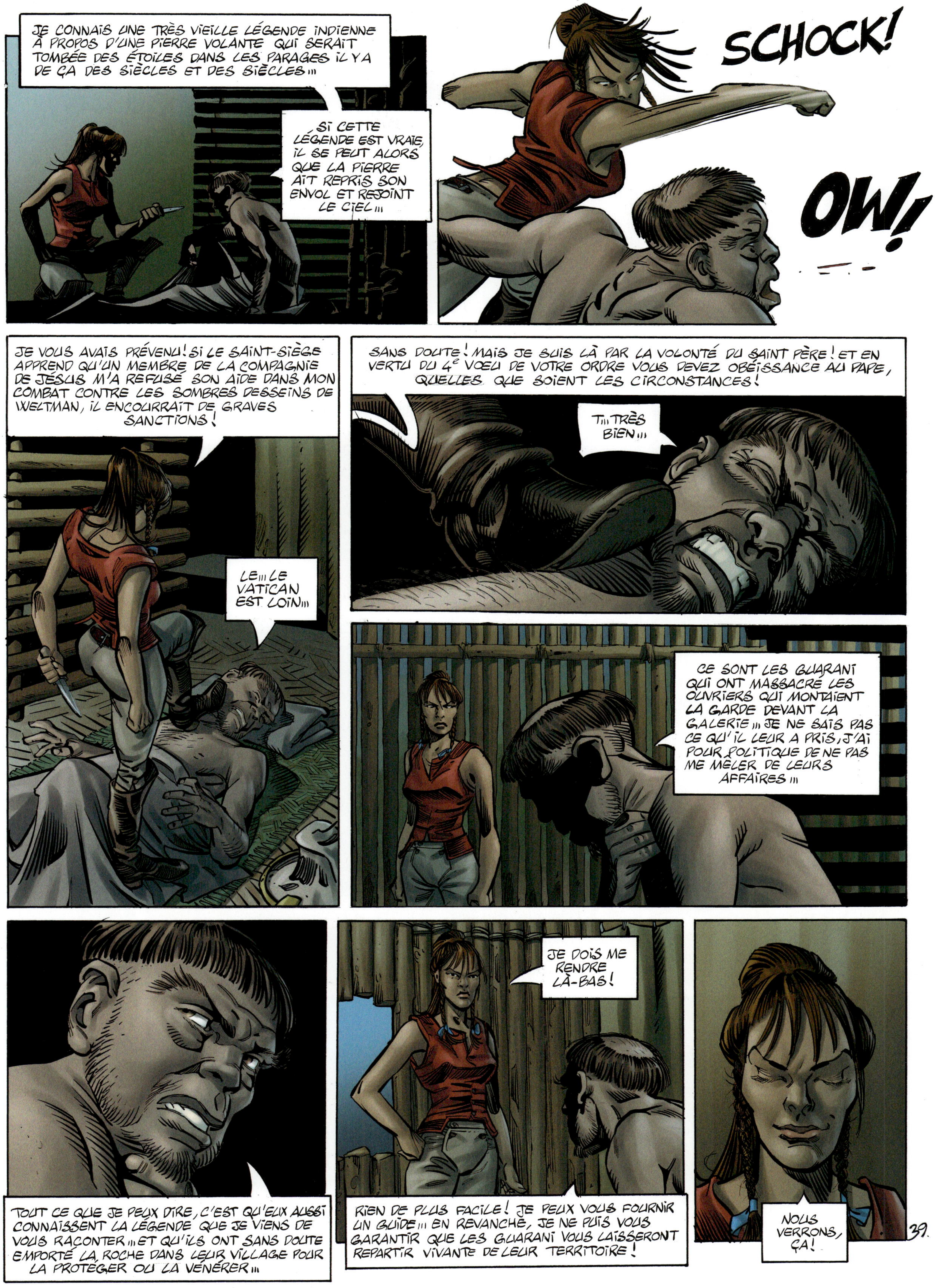
JE CONNAIS UNE TRÈS VIEILLE LÉGENDE INDIENNE À PROPOS D'UNE PIERRE VOLANTE QUI SERAIT TOMBÉE DES ÉTOILES DANS LES PARAGES IL Y A DE ÇA DES SIÈCLES ET DES SIÈCLES...
...SI CETTE LÉGENDE EST VRAIE, IL SE PEUT ALORS QUE LA PIERRE AIT REPRIS SON ENVOL ET REJOINT LE CIEL...
SCHOCK!
OW!
JE VOUS AVAIS PRÉVENU! SI LE SAINT-SIÈGE APPREND QU'UN MEMBRE DE LA COMPAGNIE DE JÉSUS M'A REFUSÉ SON AIDE DANS MON COMBAT CONTRE LES SOMBRES DESSEINS DE WELTMAN, IL ENCOURRAIT DE GRAVES SANCTIONS!
LE... LE VATICAN EST LOIN...
SANS DOUTE! MAIS JE SUIS LÀ PAR LA VOLONTÉ DU SAINT PÈRE! ET EN VERTU DU 4e VOEU DE VOTRE ORDRE VOUS DEVEZ OBÉISSANCE AU PAPE, QUELLES QUE SOIENT LES CIRCONSTANCES!
T... TRÈS BIEN...
CE SONT LES GUARANI QUI ONT MASSACRÉ LES OUVRIERS QUI MONTAIENT LA GARDE DEVANT LA GALERIE... JE NE SAIS PAS CE QU'IL LEUR A PRIS, J'AI POUR POLITIQUE DE NE PAS ME MÊLER DE LEURS AFFAIRES...
TOUT CE QUE JE PEUX DIRE, C'EST QU'EUX AUSSI CONNAISSENT LA LÉGENDE QUE JE VIENS DE VOUS RACONTER... ET QU'ILS ONT SANS DOUTE EMPORTÉ LA ROCHE DANS LEUR VILLAGE POUR LA PROTÉGER OU LA VÉNÉRER...
JE DOIS ME RENDRE LÀ-BAS!
RIEN DE PLUS FACILE! JE PEUX VOUS FOURNIR UN GUIDE... EN REVANCHE, JE NE PUIS VOUS GARANTIR QUE LES GUARANI VOUS LAISSERONT REPARTIR VIVANTE DE LEUR TERRITOIRE!
NOUS VERRONS, ÇA!
39.

40.

TNK!
41

EST-CE LÀ LE GENRE D'HOSPITALITÉ QUE L'ÉGLISE CATHOLIQUE RÉSERVE À CEUX QUI ESPÈRENT TROUVER REFUGE SOUS SON AILE, PÈRE MANUEL ?
CROYEZ BIEN QUE JE N'AGIS PAS DE GAIETÉ DE COEUR, D'HOLBACH... OU QUEL QUE SOIT VOTRE NOM !
EN TANT QU'HOMME DE FOI, LA VIOLENCE ME RÉPUGNE AUTANT QU'À VOUS...
J'OUBLIAIS QU'ENTRE LE DIEU DES CHRÉTIENS ET LA CONSCIENCE DE SES REPRÉSENTANTS, TOUS LES ARRANGEMENTS SONT POSSIBLES !
AU NOM DU POUVOIR TUTÉLAIRE QUE JE REPRÉSENTE, J'AI LE REGRET DE VOUS ANNONCER QUE VOUS ÊTES MES PRISONNIERS JUSQU'À NOUVEL ORDRE... VOUS SEREZ LIVRÉS AUX AUTORITÉS SITÔT QU'ELLES EN AURONT ÉTÉ AVERTIES...
UN MESSAGER EST PARTI CETTE NUIT POUR MACAPA AFIN DE PRÉVENIR L'ÉVÊCHÉ ...
PEUT-ON AU MOINS SAVOIR CE QU'ON NOUS REPROCHE ?
VOTRE MAÎTRE A ÉTÉ DÉNONCÉ ! IL EST ACCUSÉ DE COMMERCE AVEC LE DIABLE ! VOUS SEREZ VOUS-MÊMES JUGÉS COMME COMPLICES !
À PROPOS DE COMPLICE... JE NE VOIS PAS CYLINIA DE ROQUEBRUNE... AURAIT-ELLE DÉCIDÉ DE PROFITER DE LA LIBERTÉ POUR REGAGNER L'EUROPE ?
SES FAITS ET GESTES NE VOUS CONCERNENT PLUS, D'HOLBACH...
VOUS AVEZ COMMIS UNE GRAVE ERREUR EN VOUS FIANT À LA PAROLE DE CETTE FEMME, MON PÈRE !
VOUS NE SAVEZ RIEN DE SES VÉRITABLES INTENTIONS ET VOUS IGNOREZ TOUT DES MIENNES !
42

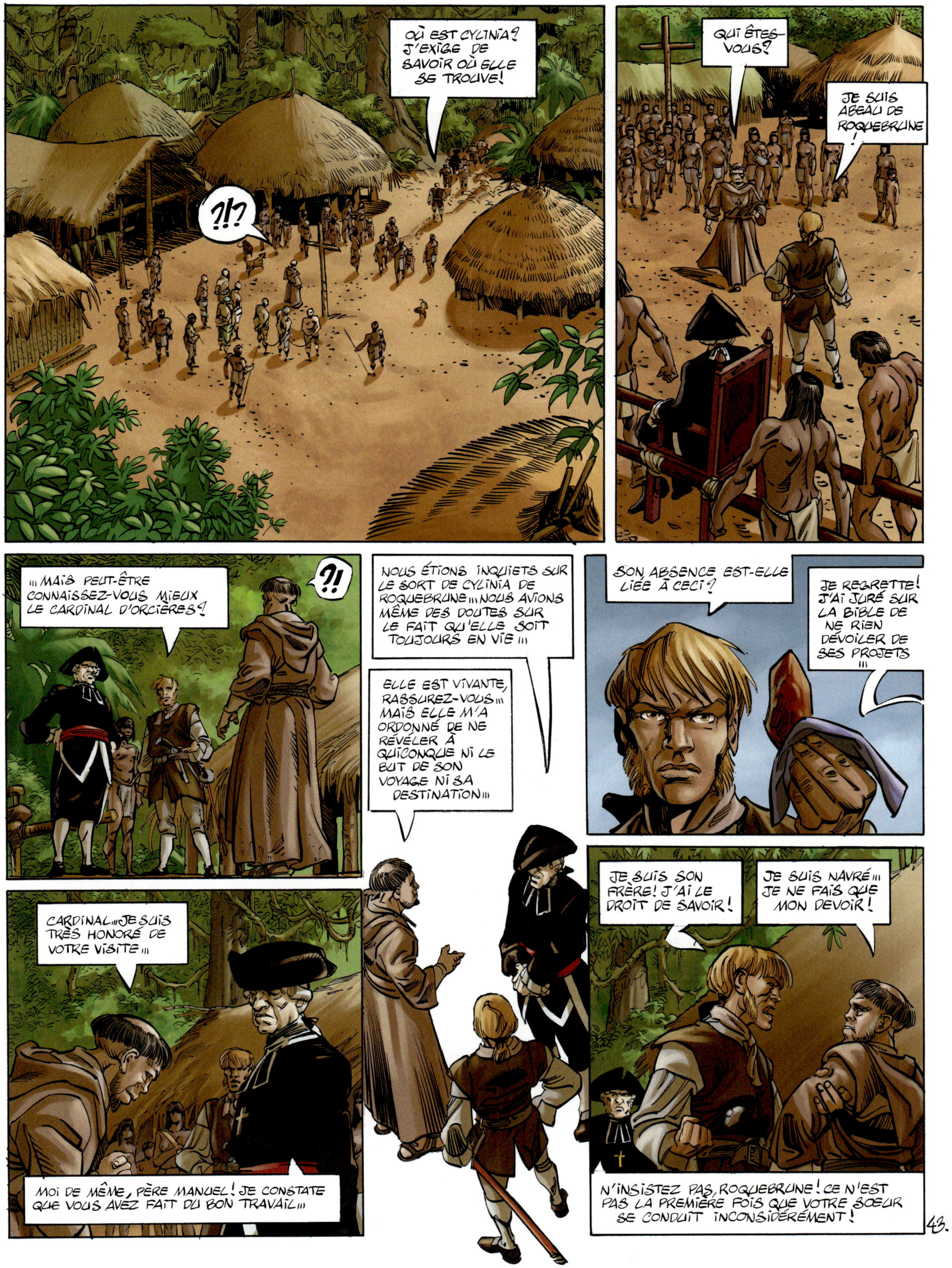

OÙ EST CYLINIA? J'EXIGE DE SAVOIR OÙ ELLE SE TROUVE!
?!?
QUI ÊTES-VOUS?
JE SUIS ABEAU DE ROQUEBRUNE!
... MAIS PEUT-ÊTRE CONNAISSEZ-VOUS MIEUX LE CARDINAL D'ORCIÈRES?
?!
NOUS ÉTIONS INQUIETS SUR LE SORT DE CYLINIA DE ROQUEBRUNE... NOUS AVIONS MÊME DES DOUTES SUR LE FAIT QU'ELLE SOIT TOUJOURS EN VIE...
ELLE EST VIVANTE, RASSUREZ-VOUS... MAIS ELLE M'A ORDONNÉ DE NE RÉVÉLER À QUICONQUE NI LE BUT DE SON VOYAGE NI SA DESTINATION...
SON ABSENCE EST-ELLE LIÉE À CECI?
JE REGRETTE! J'AI JURÉ SUR LA BIBLE DE NE RIEN DÉVOILER DE SES PROJETS...
CARDINAL... JE SUIS TRÈS HONORÉ DE VOTRE VISITE...
MOI DE MÊME, PÈRE MANUEL! JE CONSTATE QUE VOUS AVEZ FAIT DU BON TRAVAIL...
JE SUIS SON FRÈRE! J'AI LE DROIT DE SAVOIR!
JE SUIS NAVRÉ... JE NE FAIS QUE MON DEVOIR!
N'INSISTEZ PAS, ROQUEBRUNE! CE N'EST PAS LA PREMIÈRE FOIS QUE VOTRE SOEUR SE CONDUIT INCONSIDÉRÉMENT!
43.

S'IL LUI ARRIVE MALHEUR, JE VOUS ÉTRANGLERAI DE MES MAINS !
IL REVENAIT CONSTAMMENT DANS LA BOUCHE DE VOTRE SOEUR... SI BIEN QUE J'AI EU LE PLUS GRAND MAL À CONVERSER AVEC ELLE AU COURS DE NOTRE VOYAGE !
SI J'APPRENDS QUE VOUS AVEZ TOUCHÉ À UN SEUL DE SES CHEVEUX...
JE SAIS... VOUS ME TUEREZ !
N'EN DOUTEZ PAS UN INSTANT !
LA MORT SEMBLE DÉCIDÉMENT LE VOCABLE PRÉFÉRÉ DES ROQUEBRUNE !
?!?
D'HOLBACH !?
J'IMAGINE QUE CE SERAIT D'AILLEURS DÉJÀ FAIT SI VOS ALLIÉS CATHOLIQUES N'AVAIENT PAS DES VUES SUR MES TRAVAUX HÉRÉTIQUES !
MAIS QUE DIRAIENT VOS PUISSANTS MAÎTRES S'ILS APPRENAIENT QUE VOUS MENEZ DOUBLE JEU ?
NOTRE ALLIANCE AVEC LES CATHOLIQUES N'A RIEN D'IDÉOLOGIQUE ! PAR AILLEURS, SACHEZ QUE LE PAPE NE DÉSIRE NULLEMENT S'INSTRUIRE DE VOTRE OEUVRE SAVANTE, COMME VOUS LE PRÉTENDEZ... IL SOUHAITE SEULEMENT LA DÉTRUIRE AU NOM DE TOUTE LA CHRÉTIENTÉ !
QUANT À CEUX QUE VOUS NOMMEZ NOS "PUISSANTS MAÎTRES", ILS SONT AU FAIT DE NOS ACCORDS ET SAVENT OÙ SE SITUENT LEURS INTÉRÊTS !
ET S'ILS SE MONTRENT INTRANSIGEANTS ENVERS CEUX QUI LES TRAHISSENT, ILS SAVENT SE MONTRER GÉNÉREUX ENVERS CEUX QUI LES SERVENT AVEC DÉVOUEMENT...
LORSQUE VOUS AUREZ COMPRIS LE VÉRITABLE SENS DE LEUR MACHINATION, VOUS LES TRAHIREZ À VOTRE TOUR SANS LA MOINDRE HÉSITATION !
44

TROIS JOURS PLUS TARD...
ARRÊTE !
ENCORE LOIN... TOUJOURS MARCHER ...
CHHT ! J'AI ENTENDU UN BRUIT !
ANIMAL PEUT-ÊTRE ?
NON... IL Y A BIEN LONGTEMPS QUE LES ANIMAUX ONT FUI DEVANT NOTRE APPROCHE...
ÇA VENAIT DE PAR LÀ ...
TOUT PRÈS...
EUGH !
45.

ARRÊTEZ!!
QU'EST-CE QUI VOUS PREND? VOUS ÊTES DEVENUS FOUS!?!
46.

QUI QUE VOUS SOYEZ, MERCI ! SANS VOTRE INTERVENTION, JE CROIS QUE MA CARRIÈRE S'ARRÊTAIT ICI...
DANS LA JUNGLE, LA VIE HUMAINE EST PLUS FRAGILE QU'AU COEUR DES VILLES DE VOTRE PAYS...
ELLE DEVRAIT N'EN REVÊTIR QUE PLUS DE VALEUR !
CETTE DAGUE A DE LA VALEUR... QUEL QUE SOIT LE LIEU ! MAIS QU'EN EST-IL DE VOUS ?
VOUS ÊTES EN TRAIN DE ME DIRE QUE JE NE VAUX PAS LA PEINE QUE VOUS VOUS ÊTES DONNÉE POUR ME SAUVER ?
JE N'EN SAIS RIEN ! TOUT CE QUE JE SAIS C'EST QUE PERSONNE NE DOIT ÊTRE TUÉ SANS UNE BONNE RAISON !
RIEN NE MENAÇAIT LA VIE DE CES GUERRIERS !
ET C'EST POUR CELA QUE JE LES AI ARRÊTÉS ! MAIS NE VOUS FIEZ PAS À MA BARBE ! JE NE SUIS PAS LEUR PRÊTRE ET ENCORE MOINS LEUR CHEF !
À LA MOINDRE OCCASION, ILS VOUS TUERONT ET JE NE POURRAI RIEN POUR VOUS ! À PRÉSENT, RENTREZ CHEZ VOUS !
ATTENDEZ ! POURQUOI ONT-ILS RÉAGI AUSSI VIOLEMMENT EN NOUS VOYANT ?
VOUS ÊTES ENTRÉS SUR LEUR TERRITOIRE SANS LEUR CONSENTEMENT !
QUAND BIEN MÊME ! LES INDIGÈNES S'ATTAQUENT RAREMENT AUX BLANCS...
ILS SONT TRÈS NERVEUX EN CE MOMENT... À CAUSE DE CERTAINS ÉVÉNEMENTS RÉCENTS...
47

DE QUOI PARLEZ-VOUS? NE FAITES PAS TANT DE MYSTÈRES!
VOUS ÊTES TROP CURIEUSE!
IL Y A EU DES MORTS PLUS À L'EST DANS UNE MINE DE DIAMANTS... S'AGIT-IL DE CET ÉVÉNEMENT?
VOUS DEVRIEZ FAIRE DEMI-TOUR ET OUBLIER TOUT ÇA!
JE NE SAURAI PAS RETROUVER MON CHEMIN TOUTE SEULE, VOUS LE SAVEZ BIEN, ET JE NE M'EN IRAI PAS AVANT DE SAVOIR CE QUI S'EST PASSÉ! J'AI TRAVERSÉ L'OCÉAN POUR OBTENIR CE RENSEIGNEMENT!
TRÈS BIEN... JE VAIS VOUS AFFRANCHIR... MAIS ENSUITE, VOUS NOUS LAISSEREZ EN PAIX?
JE FERAI DE MON MIEUX, JE VOUS LE PROMETS!
NOUS AVONS EU UN DIFFÉREND AVEC UNE TRIBU... UNE QUERELLE STUPIDE À PROPOS D'UN OBJET SACRÉ QU'ILS REFUSAIENT DE NOUS RENDRE ALORS QU'IL NOUS APPARTENAIT... LA DISCUSSION A MAL TOURNÉ!
QUEL SORTE D'OBJET?
UNE ROCHE?
OW!
EMMENEZ-LA!
48.

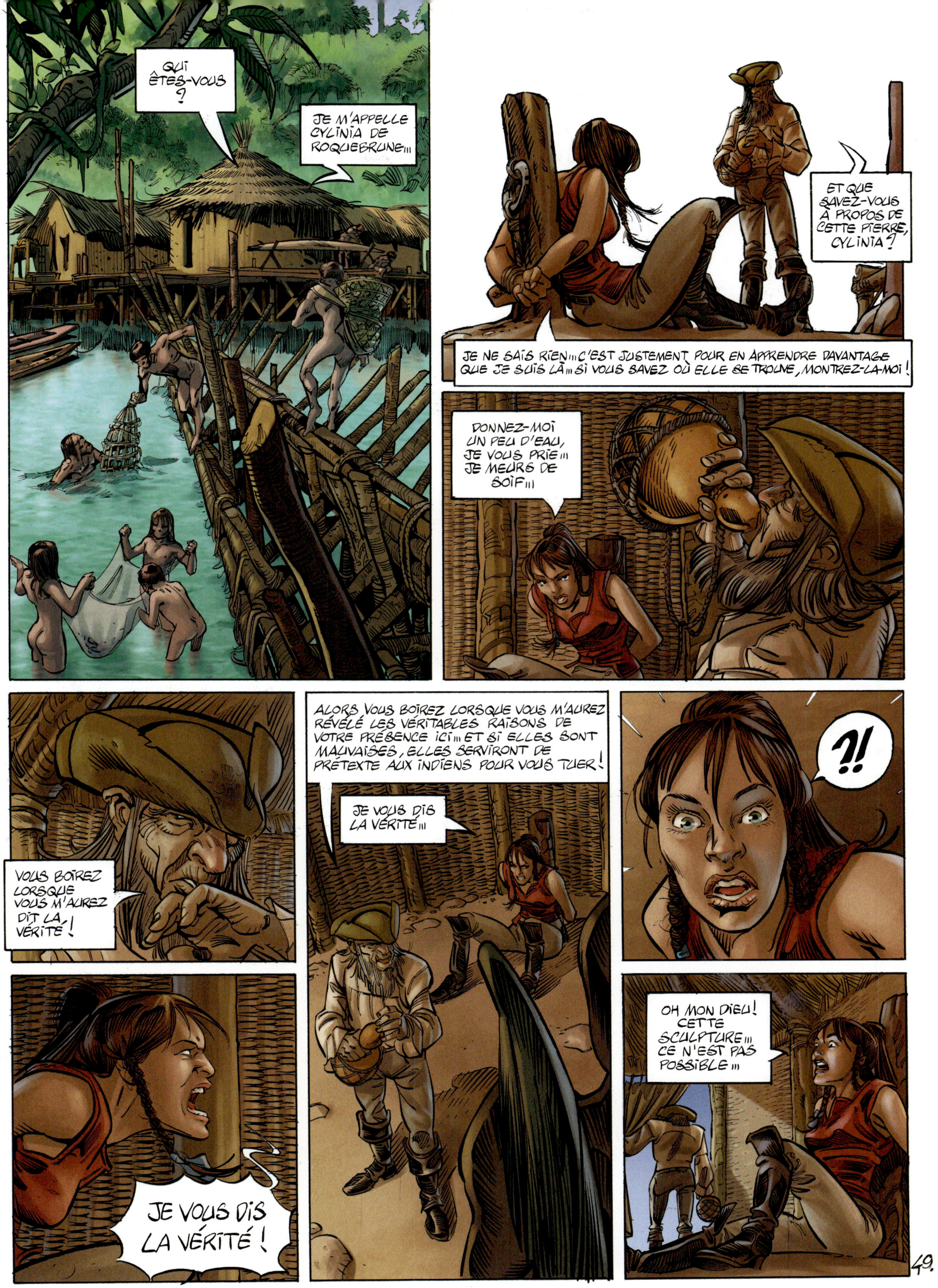
QUI ÊTES-VOUS ?
JE M'APPELLE CYLINIA DE ROQUEBRUNE...
ET QUE SAVEZ-VOUS À PROPOS DE CETTE PIERRE, CYLINIA ?
JE NE SAIS RIEN... C'EST JUSTEMENT POUR EN APPRENDRE DAVANTAGE QUE JE SUIS LÀ... SI VOUS SAVEZ OÙ ELLE SE TROUVE, MONTREZ-LA-MOI !
DONNEZ-MOI UN PEU D'EAU, JE VOUS PRIE... JE MEURS DE SOIF...
VOUS BOIREZ LORSQUE VOUS M'AUREZ DIT LA VÉRITÉ !
JE VOUS DIS LA VÉRITÉ !
ALORS VOUS BOIREZ LORSQUE VOUS M'AUREZ RÉVÉLÉ LES VÉRITABLES RAISONS DE VOTRE PRÉSENCE ICI... ET SI ELLES SONT MAUVAISES, ELLES SERVIRONT DE PRÉTEXTE AUX INDIENS POUR VOUS TUER !
JE VOUS DIS LA VÉRITÉ...
?!
OH MON DIEU ! CETTE SCULPTURE... CE N'EST PAS POSSIBLE...
49.

FIN DE L'ÉPISODE.

L'UNIVERS

LE CHANT DES STRYGES

PAR CORBEYRAN & GUERINEAU

Suite à un incroyable concours de circonstances, Kevin Nivek, ex-responsable de la sécurité du président des Etats-Unis, est contraint de s'associer à une mystérieuse tueuse à gages pour élucider l'inquiétante présence d'une créature non-humaine au sein d'une base militaire secrète. Une enquête périlleuse les conduira à découvrir l'existence d'une race ornithomorphe ayant, depuis l'aube des temps, lié son destin à celui de l'humanité : les Stryges.

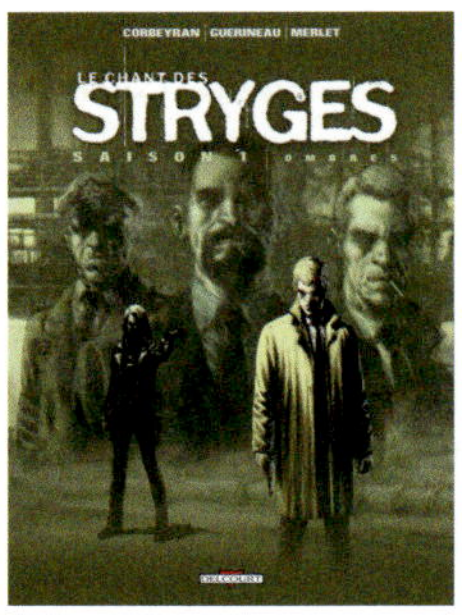

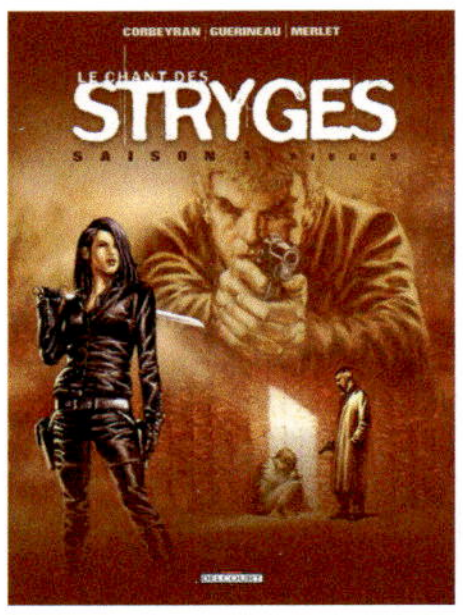

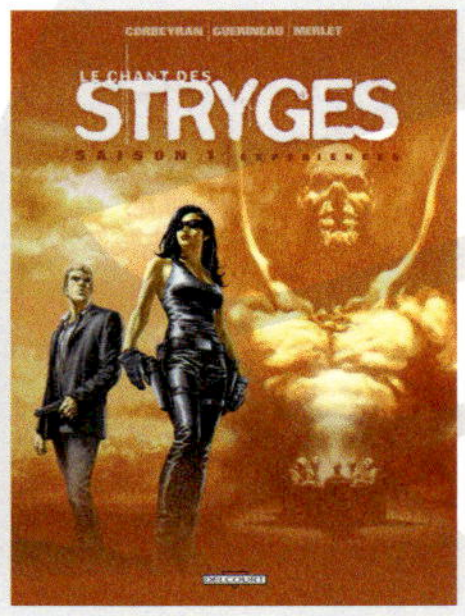

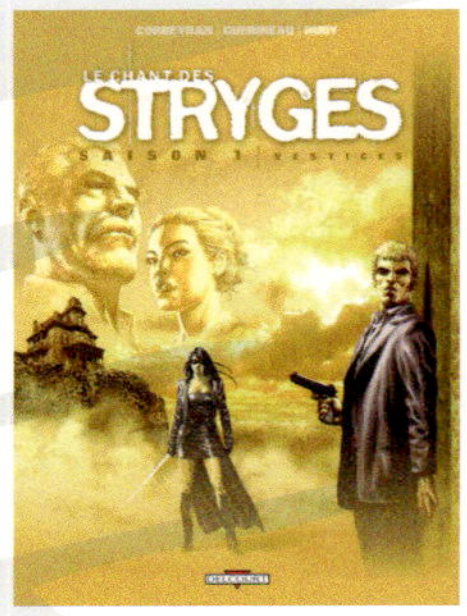

SAISON I COMPLÈTE EN 6 TOMES

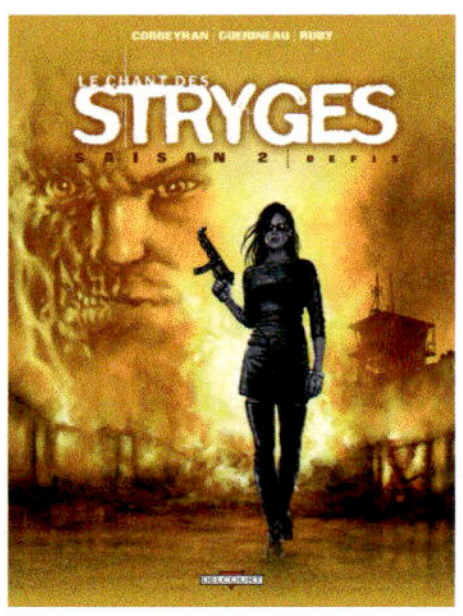

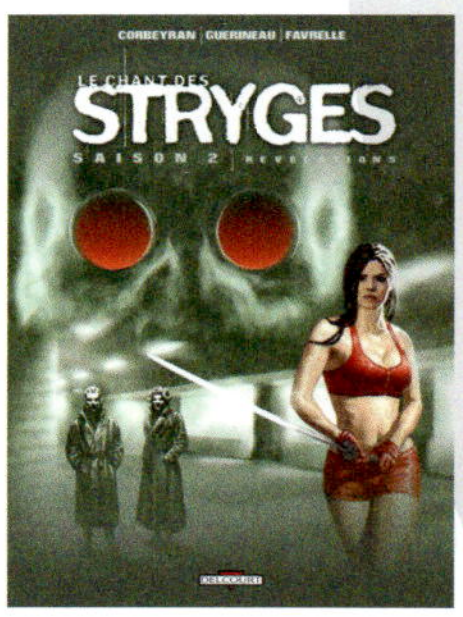

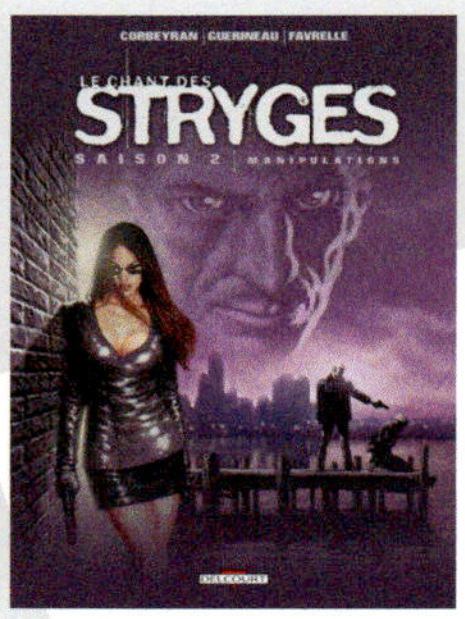

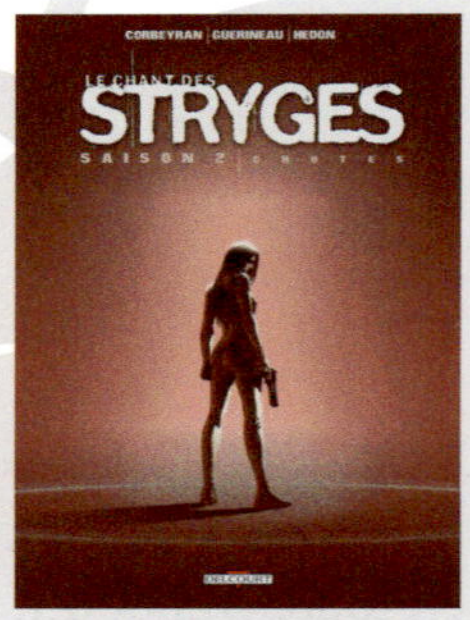

SAISON II COMPLÈTE EN 6 TOMES

DES STRYGES

LE CLAN DES CHIMÈRES

PAR CORBEYRAN & SURO

Adémar de Hauteterre convoite le domaine de son cousin, Payen de Roquebrune. Pendant le siège du château, Gwenaldren, l'épouse de Payen, accouche de son premier bébé, avec l'aide de Smerald, la guérisseuse. Sitôt l'enfant mis au monde, Smerald exige un paiement "en nature". Tandis que la sorcière et le châtelain s'unissent charnellement, le bébé est arraché à son berceau par d'étranges créatures ailées, qui abandonnent à sa place un changelin. Sept ans plus tard, élevé par les fées, le véritable Abeau est sur le point d'être sacrifié sur l'autel du Clan des Chimères...

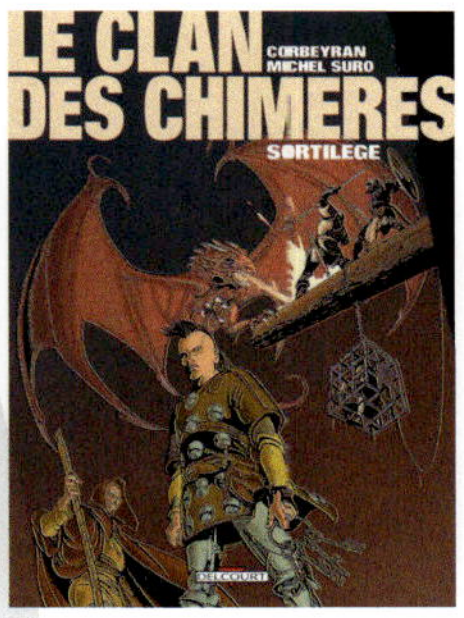

SERIE COMPLÈTE EN 6 TOMES

LE MAÎTRE DE JEU

PAR CORBEYRAN & CHARLET + HORNE

Kyle McAllister, maître de jeu réputé, a été recruté par une importante société pour tester un jeu de rôle avant sa commercialisation. A son tour, il recrute trois "rôlistes" émérites qu'il entraîne sur une petite île, au large de la Bretagne, pour jouer en toute tranquillité. Ce que tous ignorent, c'est qu'au début du XIXe siècle cette île a été le théâtre de sanglants événements auxquels furent mêlés d'étranges êtres ailés. Village fantôme, grimoire et rituels magiques, créatures inquiétantes, meurtres et manipulations sont au programme de ce thriller passionnant.

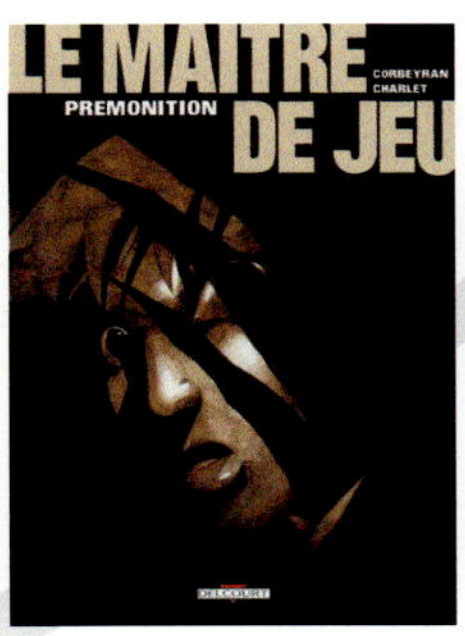

SERIE COMPLÈTE EN 6 TOMES